AF191344

Horrorroman

Doom Metal Album

Grausamer Witz

Road Movie mit autonomem Fahrassistenten

Schauernovelle

Rainer Fischer schreibt Kurztexte, Erzählungen und Experimentelles. 1992 Preisträger beim »Jungen Literaturforum Hessen«. Bisher erschienen die Kurzprosa-Sammlungen »Küchendienst in der Hölle«, »Das Buch der Täuschung«, der Roman »Der Kaktusforscher« und »Das Laubsägenmassaker – drei Erzählungen«.

Mehr unter www.druckraif.de.

Titelbild © Rainer Fischer 1991

Rainer Fischer

Die Knochenmühle

Schauernovelle

Bibliografische Information der Deutschen Nationalbibliothek: Die Deutsche Nationalbibliothek verzeichnet diese Publikation in der Deutschen Nationalbibliografie; detaillierte bibliografische Daten sind im Internet über http://dnb.dnb.de abrufbar.

Die automatisierte Analyse des Werkes, um daraus Informationen insbesondere über Muster, Trends und Korrelationen gemäß §44b UrhG („Text und Data Mining") zu gewinnen, ist untersagt.

© 2025 Rainer Fischer

Verlag: BoD · Books on Demand GmbH, In de Tarpen 42, 22848 Norderstedt, bod@bod.de
Druck: Libri Plureos GmbH, Friedensallee 273, 22763 Hamburg

ISBN: 978-3-7597-6708-0

1

Wie lange war es her, dass ich hier gewesen war? Sieben
Jahre, zehn Jahre? War ich zehn Jahre alt gewesen oder dreizehn, als mich mein Vater zu der Mühle mitgenommen hatte? In der Erinnerung war ich viel jünger als dreizehn, aber
es konnte doch nicht schon zehn Jahre her sein. Waren damals die Zustände schon so chaotisch, dass die Überreste
illegaler menschlicher Gelüste von Abfallbetrieben im städtischen Auftrag heimlich zu Pulver zermahlen und in Säcke
abgefüllt wurden? Mein Vater war und ist immer noch in der
Stadtverwaltung tätig. Er hatte mit einer verwaltungstechni-
schen Abnahme in der Mühle zu tun, zu der er mich mit-
nahm, weil an diesem Tag meine Schule wegen der Einrichtung neuer Sicherheitsmaßnahmen kurzfristig für einen Tag
schließen musste. Eigenartig, dass ich mich an so viele Details und Zusammenhänge erinnere, aber keine Jahreszahl
mehr im Kopf habe.
Die Wände in der Granulata GmbH, wie die Firma damals
hieß, waren sauber in hellgrau gestrichen gewesen. Die
Mühle, vor allem das Mahlwerk und die Abfüllstation, hatten benutzt, aber gepflegt ausgesehen. Jetzt stand alles seit
Jahren still, war verstaubt und schmutzig. Müll und Dreck
lagen herum, der Verputz der Mauern war löcherig geworden. Vielleicht war es in den letzten Wochen und Monaten
des Betriebs hier nicht mehr so geregelt abgelaufen, vielleicht waren in der Zeit des Stillstandes und der Verbarrika-
dierung doch Menschen eingedrungen, die sich Schlüssel
und Zugangscodes verschafft hatten – so wie wir heute –
und hatten was auch immer hier getrieben.
An der Hinterseite war ein von niedrigen Mauern umfasster
Bereich, in dem sich damals ein Berg von Knochen stapelte:
Schädel, Rippen, Wirbelsäulen, lange Röhrenknochen. Die
Knochen waren nicht weiß gewesen, wie ich damals erwar-

tet hatte, sondern gelblich oder bräunlich, wie fettiges Holz. Ursprünglich wurden hier nur Knochen von Schlachttieren entsorgt, die von Schlachthöfen im großen Umkreis hierher gebracht wurden. Sie wurden getrocknet, zermahlen, in Säcke abgefüllt und entweder als Baumaterial oder als Dünger verwendet. Nein, ich glaube, nur als Dünger, bauen konnte man damit wohl nichts.

Eines Tages war herausgekommen, dass menschliche Knochen darunter gemischt worden waren. Die städtischen Reinigungstrupps hatten die Knochen in Parks, Wäldern, an Autobahnausfahrten und Rastplätzen eingesammelt, oder wo immer die Reste verbotener Mahlzeiten weggeworfen worden waren. Für die Einträge ins Sterberegister waren von den Knochen kleine Proben entnommen worden, die durch DNA-Untersuchungen identifiziert wurden. Die Knochen zu beerdigen wurde als zu umständlich und zu teuer angesehen, und jemand aus der Stadtverwaltung war auf die Idee gekommen, sie hier unter den anderen Knochen verschwinden zu lassen. Als das öffentlich bekannt wurde, wurde die Auslieferung des Knochenmehls gestoppt und der Betrieb geschlossen.

Hinter einer verbeulten grauen Stahltür fand ich das Lager wieder. Es war bis oben hin voll mit grauen Säcken, alle waren noch säuberlich auf Paletten gestapelt. In der großen Halle klebten Spinnweben und öliger Staub auf den Maschinen, aber es waren keine Beschädigungen zu erkennen. Als ich mich umdrehte, um nach den elektrischen Installationen zu suchen und zu prüfen, ob die Anlage noch am Stromnetz hing, entdeckte ich einen hellrot leuchten Punkt, der an der Wand auf mich zu wanderte. Ich warf mich zu Boden und riss dabei die Maschinenpistole unter meiner Jacke von ihrem Gurt. Im Liegen feuerte ich auf den Müllcontainer, hinter dem die Quelle des Lichtpunktes liegen musste. Den Schreien nach musste ich zwei »Jäger« getroffen haben.

6

Bei solchen Schüssen aus dem Hinterhalt werden normalerweise Jagdwehre mit einem Laser-Zielsystem verwendet, um dem Opfer nach Möglichkeit nur mit einen einzigen Treffer in den Kopf aus dem Hinterhalt zu töten. Das war der rote Lichtpunkt, den ich gerade noch rechtzeitig gesehen hatte. Im Gegensatz dazu verwendeten wir Sicherheitsbeamte zur Selbstverteidigung kleine Maschinenpistolen, die unauffällig unter weiter Kleidung getragen, schnell zu Einsatz gebracht werden konnten und den Gegner zuverlässig bekämpften. Es war ja egal, wie zerschossen der Leichnam hinterher aussah. Das blitzartige Reagieren trainierten wir regelmäßig, und heute es hatte mir zum dritten Mal das Leben gerettet. Der wichtigste Punkt der Sicherheitsstrategie war allerdings der Partner, der verdeckt mit Abstand folgen und einem schützen sollte.

»Zoë«, schrie ich. »Schläfst du, oder was ist los?«

»Reg dich ab«, antwortete sie. Meine Partnerin stand in der Tür zur Maschinenhalle. »Eine Sekunde später hätte ich sie außer Gefecht gesetzt, ohne sie zu Hackfleisch zu verarbeiten.« Sie schwenkte ihre Elektroschockpistole.

Zoë besaß Nerven wie Drahtseile. Sie war einige Male im Visier von Jägern gewesen, die sie oder ihr jeweiliger Partner im nächsten Moment erledigt hatten. Jung, sichtbar blondiert, leicht gebräunt, nicht zu mager – sie sah in der Tat verlockend aus.

Mit schussbereiten Waffen durchsuchten wir die übrigen Räumlichkeiten und die Außenanlagen, es hätten ja noch mehr Jäger dort sein können. Draußen fanden wir die Schwachstelle im Zaun, ein Gitter, das nicht befestigt war, durch das die beiden auf das Gelände gekommen sein mussten. Vielleicht hatten sie uns auf das Gelände fahren sehen, vielleicht waren sie auch schon vor uns hier gewesen.

Dann fotografierte Zoë die Gesichter der beiden Jäger oder das, was davon noch zu erkennen war, scannte die Erkennungschips im Nacken und schickte die Daten an die Zentrale. Beide waren jeweils von mehreren Kugeln getroffen worden, die zwei Blechwände des leeren Müllcontainers durchschlagen hatten, dadurch abgeplattet worden waren und häßliche, große Löcher gerissen hatten.

»Hm, die beiden waren Angestellte der Abwasserentsorgung«, meinte sie und reichte mir ihr Smartphone. Auf dem Display sah ich ihre Ausweisfotos, Namen, Alter und die üblichen Angaben. Die Wohnungstüren der beiden würden innerhalb der nächsten Stunde von einem Sondereinsatzkommando aufgebrochen, um Waffen sowie Spuren von Mittätern oder Opfern sicherzustellen.

»Damit hättest du die Zahl der Abwasserentsorger in Wuppertal von neun auf sieben reduziert. Sagt jedenfalls das städtische Personalregister.«

»In Notwehr!«

»Wo ist das Gewehr?«

»Hier.«

Das Unschädlichmachen von Schusswaffen war noch wichtiger als von Jägern, die ja noch zu irgendwas nützlich sein konnten und oft in ihren Berufen schwer zu ersetzen waren, so wie die beiden Kanalarbeiter. Außer dem Gewehr hatten die beiden nur noch Messer bei sich, die wir unzerstört für die Spurensicherung mitnahmen. Das Gewehr wurde der Dienstvorschrift entsprechend im Freien mit einer speziellen Sprengpatrone bearbeitet, die tief in die Mündung des Gewehrs geschoben und gezündet wurde. Danach waren Lauf und Verschluss nicht mehr zu gebrauchen. Die Trümmer des Gewehrs packten wir in unseren Wagen, wir hatten immer Boxen für zerstörte Waffen, Munition oder sonstige Beweisstücke dabei.

»Nehmen wir die Leichen mit?«, fragte ich Zoë.

»Auf keinen Fall. Wir könnten gleich mal ausprobieren, was du vorgeschlagen hast. Dafür sind wir schließlich hier.«

Ich kehrte zum Sicherungskasten zurück und drehte die Hauptsicherung ein. Es gelang uns, die Mühle in Betrieb zu nehmen und im Leerlauf zu halten. Dann kamen die beiden Leichen in den Einfülltrichter. Um die Mühle einigermaßen sauber zu halten, kippte ich einen Sack altes Knochenmehl hinterher. Aus der Maschinerie waren nacheinander Knacken, Schmatzen und Brummen zu hören, dann wieder andere Maschinengeräusche. Wie in einer Geschirrspülmaschine schienen sich verschiedene Arbeitsgänge abzuwechseln. Die Mühle arbeitete vollautomatisch. Gemahlen wurde in mehreren Schritten, und schließlich wurde eine Art klumpiges Mehl oder Granulat in Säcke verpackt. Abwässer wurden mit einer Zentrifuge abgetrennt und direkt in die Kanalisation abgeleitet.

Zoë war beeindruckt. Ich zeigte ihr ein Fach, das man seitlich an der Mühle öffnen konnte.

»Metalle, Glas, Keramik und Kunststoffe werden ausgefiltert und hier seitlich ausgeworfen. Früher bei den Knochen waren manchmal noch Metallketten oder anderer Müll dabei, den jemand in die Container geworden hatte, Flaschen oder was auch immer. Die würden später die Feinmahlwerke beschädigen. Bei den Menschenknochen waren manchmal falsche Zähne, künstliche Gelenke oder chirurgische Nägel oder Schienen dabei. Ich glaube, so ist das damals rausgekommen, dass man hier Menschenknochen hat verschwinden lassen. Es gab eine Betriebsprüfung, und dabei kam ein künstliches Hüftgelenk aus dem Sieb.«

Jetzt waren tatsächlich Zahnfüllungen, Gürtelschnallen, zerkratzte Armbanduhren und Ringe darin, außerdem die Erkennungschips. Letztere nahmen wir als Beweisstücke mit, ebenso ihre Rucksäcke.

»Ziel erreicht, würde ich sagen«, stellte Zoë fest.

Eigentlich waren wir nur her gekommen, um zu sehen, ob die Mühle noch funktionstüchtig und an das Stromnetz an-

9

geschlossen war. Jetzt hatten wir schon ausprobiert, ob man damit Leichen endgültig ungenießbar machen konnte. Verbrennen war nicht mehr opportun: Erst waren die Betriebsbestimmungen für Krematorien verschärft worden, was Abgase und Partikelausstoß betraf, dann waren wegen der Gasknappheit die Betriebsgenehmigungen für Verbrennungen annulliert worden.

Der Mangel an Polizisten beziehungsweise der erhöhte Bedarf war der Grund, dass Zoë und ich schon Streife fuhren oder andere kleinere Einsätze durchführten. Eigentlich waren wir noch in der Ausbildung für den gehobenen Dienst und saßen an fünf Tagen pro Wochen in Vorlesungen und Seminaren. Jura, Psychologie, Kriminalistik und so weiter. Nachmittags hatte wir oft praktische Ausbildung: Sport, Schießtraining, Spurensicherung. Zwischendurch und am Wochenende sollten wir den Kollegen im Streifendienst aushelfen und Erfahrungen sammeln. Da ich beim Auslosen der Partner im zweiten Semester die Streberin und Sportskanone Zoë erwischt hatte, ließ man uns meistens allein losziehen. Was vielleicht auch an meinem Wagen lag, es waren nämlich fast keine Dienstfahrzeuge übrig. Den kleinen SUV hatte mir mein Vater besorgt, mit diesem besonders leistungsstarken Elektromotor gab es dieses Modell normalerweise nicht.

Manchmal bestand unsere Einsätze darin, wichtige Personen zu schützen oder Objekte, in denen solche arbeiteten. Eines der großen Probleme, die der verbreitete Kannibalismus verursachte, war, das schwer ersetzbare Arbeitskräfte verschwanden, auch solche, die für wichtige Funktionen gebraucht wurden. Wir bewachten Schulen, Kindergärten und Krankenhäuser.

Natürlich waren junge Menschen besonders begehrt, aber nicht immer leicht zu erwischen, da sie normalerweise schneller und wehrhafter als alte waren oder aber, weil Kinder und junge Mädchen von ihren Angehörigen in der Regel streng überwacht wurden. In unserer überalterten Gesellschaft war Jugend ein seltenes Gut und entsprechend gesichert. Die schwächeren, ungeschützten waren die leichtere, aber unattraktivere Beute: Alte, Kranke und Benachteiligte aller Art.

Die Mittagspause war längst überfällig. Bevor wir zurück in die Akademie fuhren, holten wir unsere Brotdosen und Flaschen aus dem Wagen und suchten ein schattiges Plätzchen.

»Hast du wieder Erdnussbutter drauf?«, fragte Zoë.

»Ja«, antwortete ich. »Und ich möchte nicht tauschen, falls du ein Vollkorn-Sandwich mit veganer Hülsenfrucht-Paste hast.«

»Curry-Kichererbse, und ich möchte auch nicht tauschen. – Was eigentlich wichtiger bei einem Sandwich, das Brot oder der Belag?«

»Was meinst du mit wichtiger?«

»Naja, ist das Brot der wichtigere, nahrhafte Teil, und der Belag ist nur dazu da, einen anderen Geschmack zu liefern, damit das Brot nicht langweilig wird, oder ist das Brot nur die Verpackung für den Belag?«

»Verpackung? Ich würde sagen, es geht ums Brot. Heißt ja schließlich auch Butterbrot.«

»Aber Butter ist Belag.«

»Oder Pausenbrot!« fiel mir noch ein.

»Verpackung, weil man die Butter ja nicht aus der Hand essen kann. Oder Wurst oder Käse, das gibt fettige Finger.«

»Brot kann man auch trocken essen.«

»Ja, aber wenn ich Weißbrot sehe, womöglich noch als Sandwich mit abgeschnittener Rinde, dann ist das nicht mehr weit vom Einwickelpapier entfernt.«

»Das Brot liefert vor allem Kohlenhydrate, also Energie.«

»Der Belag hat mehr Proteine, aber auch Fett gleich noch mehr Energie und deine Erdnussbutter bestimmt auch Kohlenhydrate, weil Zucker drin ist. Außerdem Salz. Das sind mehr Baustoffe als im Brot.«

»Können wir uns darauf einigen, dass beides wichtig ist?«

»Ich wollte nur mal eine andere Meinung dazu hören. Beziehungsweise dich zum Nachdenken bringen.«

Ich stöhnte leise und wollte das Thema wechseln.

»Ist eigentlich etwas in den Rucksäcken, die wir gefunden haben?«, fragte ich.

»Warte mal. Jedenfalls nichts zu essen. Eine Wasserflasche. Irgendwelche Lumpen. Ein Taschenmesser, ein anderes Messer und ein Feuerzeug. Zigaretten. Hier ist ein Smartphone. Teures Stück. Sieht noch ziemlich neu aus.«

»Es ist abgeschaltet. Vielleicht haben die beiden das einem ihrer Opfer abgenommen?«

Normalerweise haben Jäger keine Smartphones dabei, damit sie keine Spuren in den Daten der Mobilfunknetze hinterlassen.

»Das sollten wir mal überprüfen. Ist da noch was in dem anderen Rucksack, das einen Hinweis geben könnte? Schmuck, Kleidung? Ist da Blut an dem Taschenmesser?«

Wir mussten uns beeilen, um zum Schießtraining am Nachmittag rechtzeitig zurück zu sein. Die Knochenmühle stand in Wuppertal-Oberbarmen, die Akademie war in Düsseldorf. Wir hatten den Vorfall vom Mittag sofort online an die nächste Wache in Wuppertal durchgegeben, mussten aber noch die Erkennungschips und die Trümmer des Jagdgewehrs abgeben und das Protokoll abschicken. Das Protokoll schrieb ein Programm auf Zoës Smartphone. Auf der Rückfahrt diktierte sie in Stichpunkten, was passiert war, und bevor wir zurück waren, war im Landeskriminalamt der fertige Bericht mit allen Daten und Fotos zum Vorgang sowie ihrer elektronischen Signatur eingegangen.

Die Akademie und das Landeskriminalamt lagen direkt nebeneinander. Der Schießstand war im Keller der Akademie. Eigentlich hatte ich heute schon meine Schießübung gehabt, aber das mussten wir dem Ausbilder nicht auf die Nase binden. Die meiste Zeit warteten wir, bis wir endlich wieder dran waren, mit der Laser-Übungspistole auf die Figuren zu schießen, die über den großen Bildschirm huschten. Meine Trefferquote war eigentlich gut, aber der Ausbilder mäkelte an meiner angeblich schlechten Handhaltung herum.

Als das Training endlich zu Ende war, gingen wir ins Informatiklabor. Wir kannten das Labor, weil wir dort schon ein Praktikum absolviert hatten und seit dem die elektronischen Geräte, Datenträger und ähnliches dorthin brachten, die wir im Streifendienst sichergestellt hatte. Von den Technikern trafen wir heute niemanden an, die hatten entweder schon Feierabend oder arbeiteten an Mikroskopen und untersuchten irgendwelche eiligen Beweisstücke, sodass wir kein Problem hatten, einen freien Platz zum Arbeiten zu finden.

Der Akku des Smartphones war in der Tat leer. Während Zoë die SIM-Karte auslas, schloss ich das Gerät an ein Schnellladegerät. Zoë durchsuchte dann die Datenbank, in der alle Mobilfunkdaten zusammengefasst waren.

»Die SIM-Karte gehört einer Emma-Luise Haustermann.«

»Aha. Und wer ist das?«

»Moment, dafür brauche ich das Personenregister der Meldeämter. – Wohnt in Bochum, 25 Jahre alt, Studentin. Hm, in der Vermisstenliste steht sie nicht.«

»Wo studiert sie?«

»In Elberfeld. Warte, ich checke mal die Zugangskontrolle. – Sie ist seit zehn Tagen nicht mehr in der Uni gewesen.«

»Meinst du, sie haben sie vor zehn Tagen erwischt und – äh – umgebracht?«

13

»Vielleicht schreibt sie zur Hause an einer Arbeit oder schwänzt einfach. Semesterferien haben die Zivilstudenten jetzt nicht.«

»Und die Daten auf dem Smartphone? Wie alt sind die letzten? Gibt's neue Videos, Fotos oder so? Lesezeichen im Browser?« Wir hatten hier Zugriff auf ein Programm, das mehr oder weniger jedes Gerät und dann jeden Datencloud-Zugang öffnen konnte.

»Eins nach dem anderen. Hier sind ein paar Fotos. Das letzte ist zwei Wochen alt.« Zoë lud die Bilder auf den Bildschirm. Auf den meisten waren abfotografierte Buchseiten, auf wenigen anderen eine junge Frau, offenbar Selbstporträts. Ein paar der Buchseiten und anderen Bilder zeigten offenbar okkulte Symbole, umgekehrte Kreuze, Pentagramme und krude Kritzeleien.

»Hier ist ein Textdatei mit dem Titel ›Entwurf Diss‹. Speicherdatum von vor zehn Tagen.«

»Dann schreibt sie schon an ihrer Dissertation.«

»Und noch eine Textdatei namens ›Anhänge‹. Viel mehr finde ich nicht.«, meinte Zoë. »Bleiben noch das Telefonbuch und die Lesezeichen im Browser.«

Unter den Kontakten standen zwischen einigen Namen, die uns natürlich nichts sagten, Mama und Papa.

»Warte«, sagte ich. »Du kannst doch nicht einfach ihre Eltern anrufen. Was willst du denen denn sagen?«

»Vielleicht haben die schon seit Tagen nichts von ihrer Tochter gehört und machen sich Sorgen. – Geht nicht, bei Mama ist ihre Nummer gesperrt.«

»Wie wäre es, wenn wir ihr das Smartphone einfach nach Hause bringen? Hast du die Adresse?«

Die Adresse war die einer Villa in Bochum-Stiepel, offenbar eine teure Gegend, lauter freistehende Wohnhäuser in großen, grünen Gärten, alle hinter Mauern oder soliden Zäunen.

Die Villa mit Emma-Luises Adresse, soweit man sie erkennen konnte hinter der Mauer, die das Grundstück umschloss, wirkte ziemlich neu und teuer, sie sah mit ihrem Flachdach wie ein großer weißer Kasten aus. Klingelknopf, Kamera und Sprechanlage saßen in einer Edelstahlplatte, die mit dem Namen Haustermann graviert war.

Ich drückte den Knopf, und wir mussten ziemlich lange warten, bis eine Frauenstimme sich mit »Ja?« meldete.

»Guten Tag, wir sind von der Polizei und würden gern mit Emma-Luise Haustermann sprechen.« Wir hielten unsere digitalen Ausweise vor die Kamera, deren Laser sie scannte und dann unsere Gesichter, damit die Anlage erkannte, dass die Ausweise auch wirklich unsere waren. Ich fand es gar nicht einfach, nach jemandem zu fragen, den ich schon für aufgefressen hielt.

»Polizei? Kann jeder sagen.«

»Frau Haustermann, die Ausweise sind echt, sie haben sie gerade gescannt. Sie sind doch Frau Haustermann?«

»Ich bin Emmas Mutter, und Emma wohnt hier nicht mehr. Können Sie jetzt verschwinden?«

»Und wo finden wir Ihre Tochter?«

»Das werde ich Ihnen nicht auf die Nase binden.«

»Wann haben sie zuletzt Kontakt zu ihrer Tochter gehabt?«

»Meiner Tochter geht es gut.« Die Kamera schwenkte zu Zoë, dann wieder zu mir.

»Können Sie das ein bisschen näher erläutern?«

Es kam nur noch ein Knacksen und dann gar nichts mehr, offenbar war das Gespräch beendet.

Zoë blickte mich mittelstreng an. »In Gesprächsführung hast du noch Nachholbedarf. Aber die Frau ist wahrscheinlich zu misstrauisch, da hätte auch ich auf Granit gebissen.«

»Denkt die, wir wollten sie auffressen?«

»Vermutlich das, oder dass wir sie ausrauben wollen.«

»Meinst du, wir kommen anders rein, über die Mauer oder so?«

»Fenster und Türen werden auch noch gesichert sein, wahrscheinlich gibt es Kameras, und überhaupt wären wir dann Einbrecher. Womöglich hat sie eine Waffe.« Zoë grinste. »Vielleicht kannst du dich als Paketbote ausgeben.«

Ich blickte zu den großen, Fenstern und der geräumigen Dachterrasse auf. Eine große Markise hing halb eingefahren darüber. Keine Spur von Leben.

»Wir können es an der Uni versuchen, da müssten sie doch ihre Wuppertaler Adresse kennen. Oder wo immer sie hingezogen ist.«

»Dann fahren wir jetzt endlich nach Hause und kümmern uns morgen darum. Heute treffen wir da niemanden mehr an.«

Wir fuhren die abendliche Autobahn hinunter, es müsste die A43 gewesen sein, da überholte uns ein anderer Wagen. Mein Wagen lief autonom auf der höchsten erlaubten Geschwindigkeit, aber der andere Fahrer hatte uns offensichtlich nicht für Polizisten gehalten. Routinemäßig öffnete Zoë das Seitenfenster, heftete das Martinshorn aufs Dach und schaltete es ein, während ich den Wagen auf Handsteuerung umschaltete und beschleunigte. Der dunkelrote Volkswagen machte keine unnötigen Fluchtversuche, sondern fuhr artig rechts ran. Es gab nur einen Fahrer, der Zoë unaufgefordert sein Smartphone zeigt, damit sie seinem Führerschein und seine Fahrzeugpapiere scannen konnte. Dabei vergaß er, seine Stereoanlage abzuschalten, die immer noch ziemlich laut Musik spielte, altmodische Rockmusik mit Schlagzeug, sägenden Elektrogitarren und einer quengelnden Singstimme. Oder machte er das absichtlich, weil er die Geräusche von etwas anderem übertönen wollte?

»Er soll die Heckklappe öffnen!«, rief ich. Ich sicherte Zoë mit gezogener Waffe und sah dabei nach, ob irgend etwas Verdächtiges im Auto lag. Bis auf eine kleine Tasche auf dem Beifahrersitz war nichts zu sehen. Leichenteile oder Waffen oder womöglich ein Entführungsopfer lagen normalerweise im Kofferraum oder vielleicht abgedeckt auf dem Rücksitz. Der Rhythmus der Musik war schwer und leiernd.

»Was hören Sie da?«, fragte Zoë freundlich. Der Fahrer antwortete etwas, ich konnte ihn aber nicht verstehen. Eine Gitarre, wenn es eine Gitarre war, jaulte auf, dann wurde die Musik abgestellt.

»Cool«, sagte Zoë, »Das kannte ich noch nicht.«

»Die Heckklappe!«, rief ich.

Der Fahrer sagte wieder irgendwas und Zoë antwortete etwas, dann blickte sie kurz zu mir herüber und sagte: »Öffnen Sie doch bitte die Heckklappe, mein Partner wird nervös.«

Der Kofferraum war leer.

»Gut, für heute lasse ich es bei einer Verwarnung«, sagte Zoë. »Beim nächsten Mal kostet es was. Und das Deaktivieren des Tempomaten lassen Sie so schnell wie möglich rückgängig machen.«

Der Mann bedankte sich und fuhr wieder los. Ich hatte ihn kaum gesehen.

»Warum lässt du ohne Bußgeld fahren?«, fragte ich entgeistert. Zoë war normalerweise gnadenlos, wenn wir jemanden bei Verkehrsverstößen erwischten.

»Der war harmlos.« meinte Zoë. »Zu schnell fahren wird der nicht mehr, wir haben ihn ganz schön erschreckt.«

»Der hatte seinen Tempomaten manipuliert.«

»Wer hat das nicht?«

»Nur weil dir die Radaumusik von dem Kerl gefiel? Der war bestimmt auf Drogen.«

»Ja, stell dir vor. So hab ich wenigstens noch was von unserem Ausflug. Der Typ war völlig clean, vielleicht ein bisschen übermütig, was das Fahren betraf. Soll es ja auch noch geben.«

Zurück im Wagen suchte Zoë im Internet nach der Band, die ihr der Mann genannt hatte, und spielte eine Playlist auf die Infotainment-Anlage meines Wagens. Wie zähe Lava floss die Musik aus den Lautsprechern, der unerbittlich stampfende Rhythmus und endlos flirrende Orgeltöne ließen ein Kopfschmerz entstehen, der mich an billigen Rotwein denken ließ.

»Was zum Kuckuck ist das?«

»Skeptical Dead heißt die Band. Psychelischer Hardrock, sehr retro, so 70-er-Jahre-mäßig.«

»Was für ein dämlicher Name! Woher kommen die?

»Aus Australien, wo sie ein Geheimtipp sind«, Zoë las von ihrem Smartphone ab.

»Hoffentlich bleiben sie das auch.«

Ich war erst sehr spät zu Hause und völlig ausgehungert. Zoë hatte ich noch vor ihrem Haus abgesetzt, sie lebte stadteinwärts in einer Wohngemeinschaft mit zwei anderen Frauen, mit denen sie schon seit früher Jugend befreundet war, und die jetzt irgendwelche unklaren Tätigkeiten nachgingen, Computerkunst oder ähnliches.

Meine Mutter hatte mir Essen aufgehoben. Mein Vater wartete auf mich, um endlich die Alarmanlage scharf schalten zu können. Unser Haus war weder groß noch sonderlich gediegen, nur gesichert und verriegelt wie ein Hochsicherheitstrakt – die einzige Gemeinsamkeit mit der Haustermannschen Villa. Meine beiden älteren Geschwister waren längst ausgezogen, und meine Eltern wurden nervös ohne regelmäßige Lebenszeichen von ihnen.

Normalerweise hätte ich mir nach dem Essen noch eine Flasche Bier genommen und den Fernseher in meinem Zimmer unter dem Dach eingeschaltet oder eine Runde auf dem Computer gespielt. Ich war aber sicher, dass Zoë die Dissertation lesen würde, sobald sie sich mit ihren Freundinnen über den Tag ausgetauscht hatte. Um morgen nicht als Trottel dazustehen, musste ich wenigstens damit anfangen. Also übertrug ich sie auf mein Tablet, setzte ich an den Schreibtisch und begann zu lesen. Das heißt, erst einmal scrollte ich mich durch den Text. Bilder oder Skizze gab es keine. Eine zweite Datei hieß ›Anhänge und Literatur‹, war aber anscheinend beschädigt, es waren nur unsinnige Zeichenketten mit vielen Sonderzeichen zu sehen.

Studentische Arbeiten finde ich gleichzeitig Ehrfurcht und Mitleid erweckend, und diese hier war ganz offensichtlich noch lange nicht fertig – die Fußnoten waren einfach mitten in den Text geschrieben, die Quellenangaben mussten noch ergänzt werden.

Emma-Luise Haustermann

– Entwurf –

»Vulgärkannibalismus im 21. Jahrhundert und seine Entstehung aus einer okkulten Bewegung«

Dissertation zur Erlangung des Doktorgrades, vorgelegt dem Fachbereich Vergleichende Religionswissenschaften der Bergischen Universität Elberfeld.

Erstgutachter: Prof. Dr. phil. Uta Scherkenbach
Zweitgutachter: N.N.

Kurzfassung

Die vorliegende Arbeit untersucht die Entstehung des sich nach der Jahrtausendwende weltweit verbreitenden Kannibalismus, welcher im Lauf des letzten Jahrzehnts zu schweren gesellschaftlichen Verwerfungen führte. Es lässt sich anhand von bestimmten Details eine Spur zurückverfolgen zu einem satanistischen Orden im England der 20-er bis 50-er Jahre des vergangenen Jahrhunderts. Diese Details reichen von überlieferten Glaubenssätzen über die Berechtigung zum und die Wirkung vom Verzehr von Menschenfleisch bis zu detaillierten Handlungsanweisungen. Der erwähnte *Hermetic Order of the Higher Power* war eine Sekte synkretistischer Lehre, welche sich aus Versatzstücken verschiedener indigener Kulte – seinerzeit hätte man sie als »Naturreligionen« bezeichnet –, asiatischer Religionssysteme sowie philosophischer Entwicklungen, aber auch esoterischer Strömungen des 19. Jahrhunderts. Die »Lehren« des Ordens überlebten seinen Zerfall infolge interner Machtkämpfe und fanden schließlich Multiplikatoren in Form von modernen Medien (Videokassetten, Internet, soziale Medien etc.), wobei sie unerfüllte Sehnsüchte nach Überlegenheitsgefühlen oder spiritueller Erfüllung und schlicht Sensationsgier bedienten.

Einleitung

Die vorliegende Arbeit beleuchtet die Hintergründe der Entstehung des sogenannten »Vulgärkannibalismus«, der sich in den letzten Jahren unter weiteren Teilen der Weltbevölkerung ausbreitet. Diese Hintergründe sind vornehmlich religiös-okkulter Natur. Der Begriff Vulgärkannibalismus verdeutlicht, dass der anthropophagische Akt (Anthropophagie = Verzehr von Menschen bzw. Menschenfleisch, von griechisch $\alpha\nu\theta\rho\omega\pi\sigma\varsigma$ (anthropos) = Mensch und $\varphi\alpha\gamma\epsilon\iota\nu$ (phagein) = fressen) nicht mehr genuin religiösen bzw. kultischen Zwecken dient, sondern mehr oder weniger in Nachahmung dieser von religiösen Laien und Unwissenden ausgeführt wird.

Der Aspekt der Ernährung mit angeblich besonders kraftspendender oder anderweitig besonderer Nahrung spielt hierbei eine Rolle. Jedoch ist das Phänomen abzugrenzen von Kannibalismus in besonderen Notlagen (z.B. Floß der Medusa, Donner-Party, Flug Fuerza-Aérea-Uruguaya 571, Deportation von Nasino, Belagerung von Leningrad).

Fußnoten (einfügen und Quellen ergänzen!)
Floß der Méduse: Das französische Kriegsschiff Méduse lief 1816 vor Westafrika auf eine Felsbank auf. Ein Teil der Besat-

zung versuchte, sich mit einem Floß an Land zu bringen, auf dem mangels Proviant Leichen bereits Verstorbener verzehrt wurden.

Donner Party: Nach dem Anführer George Donner benannter Siedlertreck in Nordamerika, der im Winter 1846 / 47 in der Sierra Nevada verunglückte und monatelang eingeschneit wurde. Die Überlebende hatten sich teilweise von den Leichen der Verstorbenen ernährt.

Flug Fuerza-Aérea-Uruguaya 571: Flugzeugunglück in den Anden, die Überlebenden Passagiere und Besatzungsmitglieder überleben mehr als zwei Monate in Schnee und Eis, indem sie die durch den Absturz oder durch Lawinen Getöteten verzehren (1972).

Deportation von Nasino: 1933 wurden in der Sowjetunion über 6000 »asoziale Elemente« auf der Insel Nasino im Fluss Ob (Sibirien) interniert. Aufgrund der völlig unzureichenden Versorgung kam es u.A. zu Kannibalismus.

Belagerung von Leningrad (1942 bis 1944) durch deutsche Wehrmacht im Zweiten Weltkrieg, während der es aus Mangel an Lebensmitteln ebenfalls zu Fällen von Kannibalismus kam.

Ferner abzugrenzen ist Anthropophagie bei psychopathologischen Einzeltätern wie z.B. Fritz Haarmann, Jeffrey Dahmer, Issei Sagawa. (Quellenangaben, v.A. Enzyklopädie der forensischen Psychiatrie)
In der Regel verbieten Religionen und Kulte den Verkehr von Menschenfleisch. Ausnahmen bilden ursprüngliche Kulte und

Gesellschaften, in denen ritueller Kannibalismus vermeintlich dazu diente, sich physische oder spirituelle Kräfte anderer Menschen anzueignen. Hier ist zu unterscheiden zwischen der Bestattung durch Verzehr, die gleichsam das Weiterleben in den nächsten Generationen garantieren sollte – zum Beispiel bei den Papua (nachsehen) – und dem Erbeuten von menschlichen Körpern im Kampf. Letzteres überschneidet sich zum Teil mit der Entnahme vom Körperteilen als Trophäen – zum Beispiel Skalpe und Schrumpfköpfe – oder kultischen Menschenopfern. Bei den Azteken etwa kam es neben Menschenopfern, Tragen von Menschenhaut als Kleidung durch Priester als kultische Handlung auch zu rituellen Kannibalismus (Fußnote: Die unterdrückten und gedemütigten Nachbarvölker rächten sich, als sie sich mit den spanischen Konquistadoren verbündeten und damit erst deren Sieg über das Aztekenreich ermöglichten. – Fußnote doch weglassen?). In den keltischen Religionen hingegen gab es ebenfalls Menschenopfer und Trophäen in Form von Köpfen getöteter Gegner, aber keine Hinweise auf Verzehr von Menschenfleisch.

Der Verzehr beziehungsweise das Trinken von oder sogar das Baden in menschlichem Blut hingegen gehört weitgehend ins Reich der Legenden und Verleumdungen (vgl. Vampirgeschichten, Anschuldigungen gegen die ungarische »Blutgräfin« Elisabeth Báthory, die unter anderem zum Zweck der Verjüngung im Blut junger Mädchen gebadet haben soll, Anschuldigungen vermeintlicher jüdischer Ritualmorde usw.).

Eine Übersicht ethnischer bzw. indigener, auch prähistorischer Religionen und Kulte, in den Anthropophagie dokumentiert oder zumindest als wahrscheinlich anzusehen ist, findet sich in Anhang A. Dieses Thema ist grundsätzlich problematisch, da es mit rassistisch-kolonialistischen Klischees beladen ist bis hin zu Karikaturen von menschenfressenden Eingeborenen. Die veralteten Bezeichnungen Naturvolk und Naturreligion sind diskriminierend, da sie die Ethnien und Kulte in einen Gegensatz zu sogenannten kultivierten Völkern setzen und gleichsam auf dieselbe Stufe wie Tiere oder Pflanzen stellen. Solche Abwertungen geschahen in der Regel nicht nur, um ein Überlegenheitsgefühl herzustellen, sondern auch, um Eroberung, Unterwerfung, Ausbeutung, Versklavung und Ausrottung zu rechtfertigen, indem man diesen Völkern Kannibalismus, Sklaverei oder sonstige Gewalttaten unterstellte. Die Quellenlage ist oft problematisch, da die Berichte von Abenteurern, Soldaten, Missionaren und auch historischen Forschern nicht den Anforderungen moderner, methodischer Wissenschaft genügen (was zum geringeren Teil auch den früher eingeschränkten technischen Möglichkeiten geschuldet ist). Der Begriff »Kannibalen« entstand aus einer kolonialistischen Verballhornung der Kariben, einer indigenen mittelamerikanischen Völkergruppe, von der sich auch der Name Karibik ableitet.

Infolgedessen wurde in der jüngeren Vergangenheit diskutiert, ob nicht alle Zuschreibungen von Kannibalismus an nichteuropäische Völker negiert und als rassistische Fälschungen oder zumindest als nicht ausreichend belegt bewertet werden müssen. Mittels moderner Analysemethoden, z.B. chemischer Analysen historischer Kotproben, konnte allerdings in einigen Fällen Anthropophagie zweifelsfrei nachgewiesen werden. Im Anhang A werden diese Fälle aufgelistet und die Quellenlage diskutiert. Den Schwerpunkt der vorliegenden Arbeit bilden ein okkulte Bewegung im frühen und mittleren 20. Jahrhundert, die auch durch indigenen Kannibalismus oder vielmehr das rassistisch-kolonialistische Zerrbild davon inspiriert worden sind (z.B. das Aneignen von bestimmten Kräften durch Verzehr von Menschen). Auch wenn das rassistische Bild ins positive, weil vorbildhafte, urspünglich-unverdorbene gewendet wurde (analog dem Bild vom »edlen Wilden« bei Jean-Jacques Rousseau und anderen (Quellen?)), bleibt es ein Zerrbild, daher ist die kritische Darstellung in den Anhang A ausgelagert.

Während des Pazifikkrieges (Teil des Zweiten Weltkriegs) kam es vereinzelt zu kannibalistischen Übergriffen japanischer Soldaten an alliierten Kriegsgefangenen (z.B. Chichijima-Vorfall 1944). Als Motive werden in der Literatur ein Gemenge aus Verachtung gegenüber den Gegnern bei gleichzeitiger Frustration über die sich abzeichnende Niederlage angegeben, aber auch Aussagen (später zum Tode verurteilter) japanischer Offiziere, sie hätten sich von Verzehr der Gegner physische und mentale Stärkung versprochen. (Anmerkung: Möglicherweise gibt es gemeinsame okkulte Quellen, aus denen sich auch der Gründer des unter beschriebenen Ordens bediente. Es wird noch nach japanische Originaltexten und einem Übersetzer gesucht.) Diese Vorfälle sind dadurch außergewöhnlich und können als Präzedenzfall für die heutige Antropophagie angesehen werden, da sie sich in einer hoch entwickelten Gesellschaft im 20. Jahrhundert zutrugen und sogar im sozialen Umfeld gewissermaßen akzeptiert wurden. Andererseits fanden sie in der Ausnahmesituation des jahrelangen brutalen Krieges statt.

Im frühen 21. Jahrhundert, als der Kannibalismus in der entweder von monotheistischen Religionen oder vom aufgeklärten Denken bestimmten Welt längst verschwunden zu sein schien – von pathologischen Einzelfällen abgesehen, für die

Justiz und die Psychiatrie zuständig sind –, kam es in Europa und Nordamerika wieder zu Fällen mit einem mittelbar kultischen Hintergrund, nämlich in Nachahmung einer den Satan verehrenden Sekte. Dieser okkulte Orden existierte von den 20-er bis Mitte der 50-er Jahre des 20. Jahrhunderts, wobei er sich nach dem Tod des Gründers auflöste, wiederbelebt wurde und infolge von Machtkämpfen an der Spitze endgültig zerfiel. Die Überlieferungen des Ordens wurden jedoch weitergegeben und dabei verkürzt und verändert, der okkulte Hintergrund von Nichteingeweihten imitiert. Die Nachahmer handelten nicht nur aus Nervenkitzel, Sensationslust und Faszination für die Rituale heraus, sondern teils aus der Überzeugung, sich als die Höherwertigen mit dem Fleisch ihrer Opfer stärken zu können. Der Begriff Vulgärkannibalismus ist hier insofern zutreffend, als die religiös-spirituellen Bezüge verloren gegangen waren oder doch nur noch rudimentär vorhanden waren.

Ein Ziel der vorliegenden Arbeit ist es, die Hintergründe des satanistisch-okkulten Kannibalismus zu beleuchten und die Transformation aus einem elitären, esoterischen Zirkel heraus zum unreflektierten Massenphänomen (anderer Begriff?) zu beschreiben.

Auswirkungen

In den letzten zirka zehn Jahren wurden weltweit viele Menschen getötet in der Absicht sie zu verzehren. Die Täter, soweit sie ermittelt werden konnten, entstammten praktisch allen gesellschaftlichen Schichten. Es gab Reiche, die – unter anderem – regelrechte Safaris in weniger entwickelten Ländern unternahmen. Gerade in den Anfangstagen des neuen Kannibalismus, als er vor allem ein Nervenkitzel gewesen war, wurden regelrechte Menschenjagdreisen in Afrika, Südamerika und bestimmten Teilen Südostasiens organisiert. Touristen gingen angeblich auf Fotosafari, mit Jagdgewehren und Grillbesteck. Bei solchen Jagdreisen auf Eingeborene kam ein besonderer Reiz dazu, als dass sich diese bald zu wehren begannen. Als die oberen Gesellschaftsschichten der betreffenden Länder ihre Strafexpeditionen starteten gegen die Urlaubsjäger, die in ihren Revieren wilderten, wurde es denen meisten zu gefährlich, und sie beschränkten sich wieder auf die Jagd in ihren Heimatländern. Dort war es mittlerweile kaum weniger gefährlich geworden.

Unter den »Jägern« fanden sich Gelegenheitstäter aus dem Mittelstand oder Menschen, die ein Doppelleben als Familienmenschen und Kannibalen pflegten bis zu sozial völlig Verwahrlosten, deren einziger Lebenszweck – oder deren aussichtsreichste Einkommensquelle – die Menschenjagd wurde. Als Tatmotiv nannten sie, wenn sich verhaftet und verhört wurden, verschiedene Gründe, die über ein Spektrum vom Nervenkitzel, etwas besonders Verbotenes zu tun, über pervertierten sportlichen Ehrgeiz, Machtrausch bis hin zum Glauben reichten, dass ihnen durch den Verzehr von Menschenfleisch besondere Kräfte zukämen. Letzteres begründeten sie mit vagen Überlieferungen ihrer Mittäter und Vorgänger, sie waren also Nachahmer von Nachahmungstätern.

(Theorie: Nach der Einführung erst von drastischen Geschwindigkeitsbegrenzungen beim Autofahren, dann von verpflichtender Nutzung autonomer elektronischer Fahrzeugführung, die diese Begrenzungen auch einhielt und den Fahrer überhaupt zum Passagier degradierte, suchten sich viele Menschen, die vorher im Straßenverkehr ihre alltäglichen Frustrationen abreagiert hatten, ein anderes Ventil für ihre Aggressivität.) (Ben17)

Die Opfer waren oftmals junge, attraktive Menschen, was auf einen sexuellen Hintergrund des Vulgärkannibalismus verweist. In anderen Fällen wurden gezielt Individuen ausgewählt, die im Weltbild des Täters zu einer minderwertigen Gruppen gehörten, etwa unter rassistischen oder weltanschaulichen Gesichtspunkten (Zur Veranschaulichung: »Kühe sind auch nur Vegetarier. Und umgekehrt!« war ein verbreiteter Slogan (Ver-19)). Der Verzehr ist hier als Ausdruck besonderer Verachtung beziehungsweise als bis zum Äußersten getriebene Vernichtung zu verstehen. Dazu kommen als dritte Klasse diejenigen, die eine »leichte Beute« darstellten, wie zum Beispiel physisch Schwache, die keine Widerstand leisten konnten, allein lebende, die zu Hause überfallen wurden, oder Menschen, die allein unterwegs waren.

Die ausufernde Anthropophagie führte außer zum individuellen Leid der Betroffenen und ihrer Angehörigen zu verschiedenen gesellschaftlichen Problemen:

Konflikte zwischen verschiedenen sozialen Gruppen verschärften sich, wenn eine der anderen vorwarf, Mitglieder der eigenen verzehrt zu haben. Oftmals kam es zu Racheakten. Nachbarschaften organisierten Wachdienste und bewaffneten sich, Lynchjustiz wurde verübt, teilweise wurden vermeintliche oder tatsächliche kannibalische Jäger nicht nur getötet, sondern selbst verspeist. Insgesamt stiegen Waffenbesitz und Gewaltbereitschaft in der Gesellschaft deutlich an.

Bestimmte Gebiete wurden zu No-Go-Areas für »normale Menschen«, das heißt für unbewaffnete, die allein oder in kleinen Gruppen unterwegs waren. Polizei und Sicherheitsdienste rüsteten massiv auf und verstärkten sich, das heißt, sie trugen mehr passive Schutzausrüstung und mehr Waffen und sie wurden weniger restriktiv in der Auswahl von Personal und toleranter gegenüber Dienstvergehen.

Bestimmte Tätigkeiten wie »einsame« Sportarten wurden zu gefährlich. Das Joggen, Radwandern sowie Skilanglauf verschwanden schnell. Waldarbeit oder landwirtschaftliche Arbeit wurden nur noch in bewaffneten Gruppen durchgeführt, Fahrzeuge wurden gesichert (z.b. Traktoren mit schusssicheren Scheiben).

Vor einigen Jahren etwa waren die Getreide- und Gemüsepreise explodiert, weil zu viele Landwirte, die allein, also ungeschützt auf ihren Feldern gearbeitet hatten, von ihren Traktoren geschossen und verspeist worden waren, und die Ernten teilweise von Leiharbeitern mit Gefahrenzulage, vor allem aber unter bewaffnetem Schutz eingebracht werden mussten.

Andere Menschen wurden fälschlich als Kannibalen stigmatisiert und ausgegrenzt, zum Beispiel Sportschützen, Jäger (auf »normales« Wild) und Metzger oder auch Anhänger harmloser okkulter Sekten oder ganz anderer Subkulturen, weil sie alle jeweils als Menschenjäger und »Menschenfresser« prädestiniert schienen.

Besonders drastisch wirkten sich mittelbare Folgen aus: In bestimmten Berufen fehlten Arbeitskräfte, woraus sich ernste Versorgungsprobleme entstanden.

So wurden zum Beispiel Landwirte und Erntehelfer auf den Felder angegriffen (s.o.). Saisonwaren wie Spargel und Erdbeeren wurden knapper und deutlich teurer. Andere landwirtschaftliche Güter verteuerten sich ebenfalls, da die Produktionskosten um Ausgaben für Schutzausrüstung, Waffen und Sicherheitsdienste erhöht wurden. In einigen Krankenhäusern mussten Operationen verschoben werden oder gar ausfallen, da Krankenpfleger oder Ärzte kurzfristig ausfielen und nicht ersetzt werden konnten. Oft wurden auch Studenten zu Opfern, da diese jung und damit eine attraktive Beute waren, zudem zeigten sie oft leichtsinniges Verhalten und waren dann eine leichte Beute. Langfristig drohte immer noch die Gesellschaft und Wirtschaft durch Mangel an hochqualifizierten Führungskräften zu degenerieren. Lieferketten in der Industrie wurden unterbrochen, weil Rohstoffe oder andere Produkte fehlten oder nicht transportiert werden konnten. In bestimmten Berufsbereichen entstanden eklatante und langwierige Personalmängel, die notdürftig mit Zwangsverpflichtungen kompensiert wurden.

In der öffentlichen Diskussion tauchen schon vermeintliche Analysten auf, die das Zusammenbrechen aller Gesellschaftsstrukturen voraussagten, was bekanntlich nur zum geringen Teil eingetroffen ist.

Kurioserweise bekamen die Anthropophagen auch Probleme, die über das Risiko der Jagd und möglicher Racheaktionen hinausgingen: Der Verzehr von Menschenfleisch konnte zu Vergiftungserscheinungen führen, da der Mensch am Ende der Nahrungskette steht und daher Toxine, Schwermetalle und ähnliches in seinen Körperteilen akkumuliert. Die Aufnahme industriell verarbeiteter Nahrung, von Farb- und Geschmacksstoffen, Medikamenten und ähnlicher Substanzen, die sich in den Opfern angesammelt hatten, führte zu akuten und chronischen Vergiftungen, die sich zum Beispiel in neurologischen oder rheumatischen Auffälligkeiten, allergischen Reaktionen und anderen Beschwerden äußerten. Bei den meisten dieser Fälle fehlt letztendlich die Bestätigung der Ursache, da praktisch kein Patient den Verzehr von Menschenfleisch zugibt oder über die Verzehrgewohnheiten, die Mengen, Qualitäten und die Zubereitung Auskunft geben will oder kann. Die Zunahme entsprechender Fälle ist jedoch sehr auffällig, speziell bei überführten und zu Freiheitsstrafen verurteilten Tätern, die im Strafvollzug über einen längeren Zeitraum medizinisch betreut und beobachtet wurden. In der psychiatrischen Fachpresse wurde diskutiert, ob sich bestimmte psychische Erkrankungen auf solche Intoxikationen zurückführen ließen. Es konnte aber nicht endgültig geklärt werden, was hier Wirkung und was Ursache war.

Ferner kam es häufig zu Lebensmittelvergiftungen nach Leichenraub bei natürlichen Todesfällen, falls diese schon zu lange zurücklagen.

Das war noch nicht mal die Hälfte, aber ich konnte nicht mehr weiterlesen. Es war ein langer Tag gewesen, ich war todmüde, und morgen früh um acht Uhr begann das nächste Seminar.

2

Das Verhörseminar war für Zoë der Höhepunkt der Woche, jedenfalls, was die Studienveranstaltungen betraf. Heute sollte es um die legalen Grenzen in Verhören und bei Vernehmungsmethoden gehen, das hatte der Dozent Dr. Wenzländer angekündigt.

Zoë traf ich schon vor dem Gebäude, sie kam von der Bushaltestelle, ich vom Parkplatz.

»Hast du die Arbeit gelesen?«, fragte sie mich ohne Umschweife. »Also, den Teil, den wir haben, es fehlt ja noch viel, und das, was geschrieben ist, muss noch sehr überarbeitet werden.«

»Ja, ich hab damit angefangen. War ja schon spät gestern.«

»Um ein Uhr war ich durch.«

»Ich war halt müde, und das Geschreibsel machte mich noch müder. Bis zur Lebensmittelvergiftung bin ich gekommen.«

»Dann hast du den Horrorfilm, der danach kommt, ja noch vor dir. Das ist große Unterhaltung!«

Wir waren mittlerweile im Gebäude und näherten uns dem Seminarraum.

»Wieso große Unterhaltung? Soweit ich gelesen haben, war es ein geisteswissenschaftliche Doktorarbeit oder vielmehr der Entwurf davon, also ziemlich dröge und etwas unbeholfen. Dass es um den Kannibalen-Wahnsinn geht, den ich sowieso jeden Tag um die Ohren habe, macht es nicht besser. Dann schreibt sie so einen Unsinn, dass die Polizei jeden Schläger einstellen würde.«

»Naja, du kennst unsere Kommilitonen.« Sie ignorierte meinen Blick. »Aber wenn diese Emma-Luise recht hat mit ihrer Theorie, woher der Kannibalismus kommt und wie er sich verbreitet hat, fände ich das ziemlich sensationell. Es ist doch was anderes, die Hintergründe zu verstehen, oder nur ahnungslos hinter dem ganzen Unsinn hinterherzulaufen.«

»Oh, da kommt das ZK«, sagte jemand.

»Hi Zoë, hi Kevin«, rief Nelly. Jedem im Jahrgang war Zoë aufgefallen, sie war einfach zu intelligent und zu selbstbewusst, und ich wurde das Gefühl nicht los, mein Ruf beschränkte sich darauf, ihr Sidekick zu sein. Nelly war im letzten Semester in unserer Jura-Arbeitsgruppe gewesen und war höchstwahrscheinlich verschossen in Zoë. Zoë aber nicht in sie.

Dr. Wenzländer war schon im Seminarraum und stocherte auf seinem Rechner herum. Wir setzten uns nach hinten.

»Verhörmethoden und wie man sie richtig anwendet. Ein bedeutender Teil Ihrer zukünftigen und teilweise schon ihrer jetzigen Arbeit. Die Aussagen, die Sie bekommen – wenn Sie welche bekommen –, sind wichtig zur Beweissicherung, wichtig, um vielleicht Schlimmeres zu verhindern. Wichtig, um die Motive von Straftätern zu verstehen. Wie verhören Sie nun effektiv? Was ist dabei legal? Was ist vielleicht nicht mehr legal, aber nicht nachweisbar? Woran erkennen Sie Falschaussagen? Darüber haben wir uns schon in der Theorie unterhalten, heute fangen wir mit den Praxisübungen an.«

Zwischen Dr. Wenzländers Pult und unseren Tischen standen drei leere Stühle, einer für den zu Verhörenden, zwei für die Verhörer. Regel Nummer eins aus der ersten Seminarstunde: Überzahl herstellen. Regel Nummer: zwei Rollen verteilen – good cop, bad cop. Dr. Wenzländer pickte sich drei Freiwillige heraus, lud ihnen das Skript mit dem vorbereitetem Fall auf die Smartphones und gab Ihnen drei Minuten, sich vorzubereiten: Einer sollte einen mutmaßlichen Jäger spielen, die beiden anderen sollten ihm die Herkunft seiner Waffe entlocken. Damit begann das Laientheater. Rabiate Methoden wie Würgegriffe und Schläge wurden nur angedeutet. Die improvisierten Dialoge waren grauenhaft, wie aus schlechten Filmen. Dass Dr. Wenzländer gelegentlich unterbrechen musste, machte es nicht besser.

Bei der abschließenden Diskussion lief Zoë zu großer Form auf. Ihr gefiel nicht, dass wir nur lernten, nach Oberflächlichkeiten zu forschen, wie sie meinte, und nichts über die Motive und die Psyche der Jäger erfahren würden. Mir gefiel das nicht, denn das konnte bedeuten, dass Dr. Wenzländer sie bei nächste Mal als Rollenspielerin aussuchen würde, um ihr die Kritik heimzuzahlen, und ich dann womöglich mitspielen musste. Aber jedes Seminar endet einmal, und nach dem Mittagessen stand Streife Fahren ohne Zielvorgabe an.

»Wollen wir die Gelegenheit nutzen, um Emma-Luises Vater zu besuchen?«, fragte Zoë. »Bei ihrer Mutter haben wir ja auf Granit gebissen.«

»Wie meinst du das? Wir sollen wir den finden?«

»Ich habe im Internet gesucht und einen Dr. Gerhard Haustermann gefunden. In der Oberfinanzdirektion in Köln, gar nicht mal weit.«

»Woher willst du wissen, dass er mit Emma-Luise verwandt ist? Es kann doch noch mehr Leute mit diesem komischen Nachnamen geben.«

»Familienähnlichkeit. Es gab ein Bild von ihm in einer alten Pressemitteilung.« Zoë hielt mit ihr Smartphone mit der Pressemitteilung und Emmas Phone im einem ihrer Fotos vors Gesicht. Sofern eine junge Frau wie ein vielleicht 60–jähriger Mann mit Stirnglatze aussehen konnte, sah sie ihm tatsächlich ziemlich ähnlich. »In der Pressemitteilung von vor acht Jahren stand, er sei mit seiner Abteilung in neue Räumlichkeiten umgezogen.«

»Versuchen kann man es ja mal.«

Der Besucherparkplatz war ziemlich leer. Trotzdem parkte ich in der nächsten Seitenstraße, damit hinterher niemand unseren Besuch mit meinem Wagen in Verbindung bringen konnte – es war schon zur Gewohnheit geworden, überwachte Parkplätze zu meiden. Das Amtsgebäude, eine massive Betonburg, hatte eine Besucherschleuse. Wir meldeten uns beim Sicherheitsdienst und fragten nach Regierungsdirektor Haustermann. Zoë hatte bestimmt, dass wir uns nichts als Polizisten vorstellten, sondern als Zivilisten einen Besuch machten. Falls Dr. Haustermann fragte, waren wir besorgte Studienkollegen seiner Tochter.

Durch das kleine Panzerglasfenster an der Eingangskontrolle sahen wir fast nur einem Kopf mit Uniformkragen, der einen Telefonhörer aufnahm. Dann versagte die Sprechanlage, und der Mann musste sein Fenster einen Spalt öffnen.

»Schönen guten Tag, wir möchten zu Herrn Dr. Haustermann.«

Der Beamte telefonierte auf einem anderen Gerät nach oben. Herr Dr. Haustermann war natürlich in einer Besprechung.

»Natürlich«, meinte Zoë. »Können wir vielleicht seine Assistenz sprechen? Oder heißt das Büroleitung?«

»Assistenz reicht schon«, sagte der Sicherheitsbeamte. »Worum geht es?«

»Um seine Tochter.«

Der Mann schloss sein schusssicheres Fenster und telefonierte wieder lautlos. Schließlich bedeutete er Zoë, den Hörer durch das Fenster anzunehmen. Bei Emma-Luises Mutter war ich nicht weit gekommen, jetzt konnte sie sich beweisen.

»Hallo, guten Tag – Ja, wir wollten eigentlich zu Herr Dr. Haustermann. – Nein, wir sind uns nicht ganz sicher, aber Herr Dr. Haustermann wohnt in Bochum und hat eine Tochter? Sehen Sie, doch richtig. – Woher wir das wissen? Wir sind Kommilitonen seiner Tochter. – Bitte? Wir studieren zusammen! Wann ist denn die Besprechung zu Ende? – So. Und Sie können ihn da nicht rausrufen?«

Auf meinem Smartphone ging der Vibrationsalarm los. Auf dem Display erschien rotes Fenster mit dem Text:

Notfall Oberfinanzdirektion Köln – Zwei Individuen versuchen unrechtmäßig einzudringen – sind festzusetzen.

und klein darunter:

Warum bekomme ich diese Nachricht? Sie leiten eine Streife, die aktuell am nächsten zum Tatort ist.

Ich stieß Zoë in die Rippen und zeigte ihr unauffällig mein Smartphone. Sie blickte wie angeekelt auf den Hörer in ihrer Hand und sagte:»Sie müssen noch viel lernen, gute Frau!«. Dann reichte sie ihn durch das Fenster zurück und wir gingen.

Ohne Zeit zu verlieren, gingen wir zügig zum Wagen zurück und fuhren ab, bevor das Sondereinsatzkommando kam und uns in Erklärungsnöte brachte.

»Was für ein Laden!«, meinte Zoë.»Die Technik defekt, der Sicherheitsmann dumm wie Bohnenstroh und die Vorzimmerdame paranoid.«

»Sonst noch was?«, fragte ich verärgert.

»Okay, es war vielleicht nicht die beste Idee hierher zu fahren«, gab sie zu.

»Reichlich naiv zu glauben, man könnte einfach so in die Oberfinanzdirektion spazieren und einen Regierungsdirektor besuchen.«

»Jaja. Es hätte klappen können, wenn die Assistentin nicht paranoid wäre. Oder vielleicht ist die Familie Haustermann zu, zu… zerstritten, zerrüttet oder was auch immer. Vielleicht will er mit seiner Tochter nichts mehr zu tun haben.«

»Dem Studienfach nach ist sie vielleicht ein bisschen aus der Art geschlagen. – Glaubst du, wir kriegen Ärger? Die haben uns auf Überwachungskameras.«

»Nein, haben sie nicht.« Zoë zeigte auf die Kette mit Anhänger, die sie um den Hals trug – eine dieser Speziallampen, die mit ultraviolettem Licht Kameras blendeten.

»Du bist wirklich verrückt!«, sagte ich. Diese Dinger waren natürlich in höchstem Maß illegal.

Ich fuhr einfach weiter Richtung Innenstadt, bis die Meldung auf dem Smartphone verschwand. Dass wir auf den Notruf nicht reagiert hatten, würde wahrscheinlich nicht auffallen, und wenn doch, würde eine Ausrede reichen. Irgendwann musste ich aber umkehren. Zur Sicherheit fuhr ich rechtsrheinisch auf Nebenstrecken zurück. Zoë musterte wie immer aufmerksam die Umgebung.

»Konntest du den Anhang von Emma-Luises Arbeit öffnen?«, fragte ich schließlich.

»Nein, du? Die Datei muss defekt sein. Hoffentlich hat sie eine Kopie gemacht.«

»Naja, das Literaturverzeichnis ist für uns wahrscheinlich nicht sehr interessant. War wohl auch noch lange nicht fertig.«

»Nein, das ist sicher alles nur ein erster Entwurf. Die Übersicht indigener kannibalischer Kulte im Anhang wäre sicher ganz interessant gewesen.«

»Dieses Geisteswissenschaftler-Geschwätz! Wenn die mal abgenagte Knochen einsammeln müsste, würde sie nicht so geschwollen daher schreiben von wegen edlen Wilden. Und dieses ewige Fachchinesisch!«

»Eventuell müssen die Dummschwätzer auch darüber nachdenken, wann und wo ihre Knochen Gefahr laufen, abgenagt zu werden.«

»Wahrscheinlich, aber wenn die Theorieverliebheit einsetzt, wird alles andere ausgeblendet.«

»Ja, so was habe ich auch schon oft gedacht, aber bei Emma-Luises Arbeit eher nicht. Das Problem scheint mir eher zu sein, dass sie ihren Stoff nicht bewältigen kann. Inhaltlich, meine ich, nicht dass sie zu faul oder zu dumm ist. Und dann bringt sie irgendwelche geisteswissenschaftlichen Plattitüden. Außerdem scheint sie wichtiges und unwichtiges nicht gut auseinander halten zu können. Aber lies erst mal bis zum Ende.«

»Mit der okkulten Sekte fange ich heute Abend an. Ein Horrorfilm ist genau das, was ich —«

Der Wagen machte plötzlich eine Vollbremsung. Der Autopilot hatte zwei Kinder erkannt, die aus einer Hofeinfahrt auf die Straße rannten. Wir wurden heftig in unsere Sicherheitsgurte geschleudert. Die beiden Kinder standen mit aufgerissenen Augen vor unserem Wagen, der Wagen hatte gerade noch rechtzeitig angehalten. Zoë war etwas schneller als ich beim Aussteigen.

»Nicht passiert, alles gut.« Sie versuchte die Kinder zu beruhigen, ein Mädchen und ein Junge, beide vielleicht sieben oder acht Jahre alt. Sie keuchten, aber keiner sagte ein Wort, sie schienen unter Schock zu stehen. Beide trugen Schultornister.

»Warum seid ihr so schnell auf die Straße gerannt, ist was passiert?«

»Wohnt ihr hier?«

Beide schüttelten die Köpfe. Das Mädchen schien dem Jungen ein Zeichen geben zu wollen, dass sie beide loslaufen sollten, aber ich hatte so etwas erwartet und bekam sie noch an den Schultaschen zu fassen.

»Am besten, wir bringen sie zur nächsten Wache«, sagte ich.

»Das dürfte heute deine beste Idee sein«, meinte Zoë zu mir und zu den Kindern: »Keine Angst, wir sind Polizisten, wir tun euch nichts.« Sie zeigte ihnen sogar ihren Dienstausweis.

Schließlich gelang es uns, die beiden auf die Rückbank zu verfrachten, mit Zoë in der Mitte. Ich wies das Auto an, zur nächsten Polizeiwache zu fahren.

»Ich heiße Zoë. Wollt ihr mir sagen, wir ihr heißt?«

»Marga. Ich heiße Marga. Mein Bruder heißt Jo.«

»Habt ihr auch einen Nachnamen?«

»Kuck doch in den Schulheften nach«, schlug ich vor.

»Klugscheißer.«

»Seid ihr wirklich Polizisten? Wir dürfen eigentlich nicht in fremde Autos.«

»Klar. Kuck mal hier, das ist ein Blaulicht mit Magnet, das können wir auf's Dach setzen, wenn wir's eilig haben.«

»Wir sind heute schon in ein fremdes Auto gegangen, und dann wollte die Frau uns aufessen.«

»Wer?«

»Die alte Frau mit dem Schnurrbart.«

»Da war so ein Auto mit einer Schachtel Schoko-Fingern auf dem Rücksitz, und die Tür war offen.« Jo konnte offenbar auch sprechen. »Wir wollten uns welche nehmen.« Schoko-Finger waren bei Kindern sehr beliebt, wahrscheinlich, weil sie viel zu süß waren, und weil Kinder die Fingerform lustig und nicht makaber fanden.

»Wir haben aber keine Schoko-Finger geklaut, also können wir doch nicht bestraft werden?«, fragte Marga.

»Nein, werdet ihr nicht. Was ist dann passiert?«

»Dann uns jemand stinkende Lappen vors Gesicht gehalten, von hinten, und wir haben nichts mehr gemerkt.«

»Chloroform, nehme ich an«, sagte ich zu Zoë gewandt.

»Lass sie weitererzählen!«

Marga übernahm wieder: »Ich bin wieder wachgeworden in diesem Keller. Da lagen Messer und Schlüsseln und so auf einem Tisch. Und eine alte Frau mit einem dünnen Schnurrbart war da. Die hat Jo betastet, und gesagt: ›Den Jungen schlachte ich zuerst, und das Mädchen kommt in die Gefriertruhe.‹ Dann ist sie zu dem großen Kühlschrank gegangen und hat drin rumgekramt.«

»Kühlschrank?«

»Wie die Eistruhe im Supermarkt, nur mit einem großen Deckel. Dann bin ich leise aufgestanden. Die Frau war immer noch in der Truhe am Suchen. Sie stand auf so einem kleinen Hocker, weil sie nicht so groß war. Ich habe ihre Beine hochgerissen und sie ist reingefallen.«

»Und dann?

»Habe ich den Deckel zugemacht und Jo geweckt, das war nicht so einfach. Die alte Frau hat in der Truhe getobt. Dann sind wir abgehauen. Im Hof stand noch das Auto mit den Schoko-Fingern.«

»Aber eure Tornister hat ihr mitgenommen.«

»Die standen im Keller.«

»War das da, wo wir euch aufgelesen haben? In dem Haus mit dem Hof?«

»Ja.«

»Halt an, wir müssen zurück!«, rief Zoë.

»Weißt du noch, wohin?«, fragte ich zurück.

»Keine Ahnung! – Wende doch einfach, Mann!«

»Wenden ist in einer Einbahnstraße nicht möglich«, sagte das Auto.

»Kuck doch im Bordcomputer nach, woher wir gekommen sind.«

Grundsätzlich war es natürlich möglich, zur richtigen Stelle zurückzufahren, aber ziemlich umständlich. Wir hätten den Ort im Bordsystem markieren müssen, als wir dort waren. Wann braucht man solche Funktionen schon! Ich musste die letzte drive history uploaden und nach emergency brake activation suchen, die Ortskoordinaten kopieren und ins Navigationssystem laden. Zoë fragte derweil, die Kinder aus, wie sie hießen und wo sie wohnten. Die beiden waren auf dem Nachhauseweg von der Schule entführt worden. Die Gegend, in die die Alte sie verschleppt hatte, kannten sie nicht. Schließlich kamen wir wieder zu dem Haus, vor dem wir die beiden aufgegriffen hatten. Wir waren in irgend einem Teil von Leverkusen.

»Warum habt ihr zum Zurückfahren nicht das Blaulicht genommen?«, fragte Jo.

Zoë und ich waren verblüfft. Gar nicht so dumm, der Junge, schlauer als wir.

»Ihr wartet im Auto. Und fasst nichts an außer euren Schulsachen.«

Das Haus war alt und ziemlich klein, aber nicht heruntergekommen. Eine Mauer grenzte einen Vorhof ab, indem ein Kombi stand, tatsächlich lag ein offener Karton mit Schokoriegeln auf der Rückbank. Die hölzerne Haustür war nur angelehnt, seid dem die Kinder herausgelaufen waren.

»Wie lange ist das her, seit wir die beiden aufgegabelt haben?«, fragte Zoë.

»Fast eine halbe Stunde. Den Ausdruck ›aufgabeln‹ finde ich in diesem Zusammenhang übrigens zu makaber.«

»Dann ist sie eine halbe Stunde in der Gefriertruhe, falls sie nicht rausgekommen ist.«

»Vielleicht hat ihr jemand rausgeholfen.«

Zoë zog ihre Maschinenpistole.

»Ich gehe vor, du sicherst mich.«

Wir überprüften jeden Raum, bevor wir in den Keller gingen, aber das Häuschen schien leer zu sein, und überhaupt nur von einer Person bewohnt zu sein. Es sah eigentlich ganz normal spießig aus, nicht asozial, chaotisch oder betont düster oder wie auch immer man sich die Wohnräume von

Kindesentführern und Kannibalen vorstellte. Der Großteil der Einrichtung war Jahrzehnte alt. Im Wohnzimmer standen wuchtige Polstermöbel. In der Küche hingen Teller mit Sinnsprüchen an der Wand.

Unten gab es einen Heizungskeller und einen Wäschekeller, in denen sich ebenfalls niemand aufhielt. Dann kam ein großer Raum, in dem ein Tisch in der Mitte stand mit einem Sortiment Fleischmesser, wie die Kinder gesagt hatten, Schüsseln, Töpfe, eine Rolle Mülltüten und ein Einschweißgerät. An der Wand summte eine große Gefriertruhe, offenbar auch schon ein älteres Modell. Ein Display zeigte −19°C an. Außerdem hatte die Truhe ein eingebautes Schloss. Der Schlüssel steckte. Ein umgekippter Schemel lag am Bogen.

»OK, mach auf!«, sagte Zoë.

»Die muss schon vierzig Minuten drin liegen, wenn sie noch drin ist... Abgeschlossen! Marga muss den Schlüssel umgedreht haben.«

»Warum wurden da überhaupt Schlösser eingebaut?«

»Ich weiß nicht, vielleicht, falls die Truhe in Gemeinschaftskellern steht. Oder damit keine Kinder reinklettern. Dann sollte man aber den Schlüssel nicht stecken lassen.«

»Mach endlich auf!«

In der Truhe lag tatsächlich eine Frau, seitlich kauernd, schon mit leicht mit Reif überzogen, vor allem der Damenbart und die angegraute Dauerwelle. Sie musste in der Truhe noch rumort haben beim Versuch, sie von innen zu öffnen. Neben ihrem Kopf lag eine zerdrückte Schachtel mit einer Fertigtorte, Packungen mit gefrorenen Windbeuteln waren zerrissen und ihr Inhalt in der Truhe verteilt. An ihrem Füßen klebte Stracciatella-Eiscreme. In der Truhe waren außerdem hart gefrorene Plastikbeutel, die nicht in einer Fabrik mit Lebensmitteln gefüllt und etikettiert worden waren. Ich glaubte, Pilze und rote Beeren zu erkennen. So genau wollte ich mir das nicht ansehen. Ich schloss die Truhe wieder.

»Nichts mehr zu machen. Der Rückweg hat einfach zu lange gedauert.«

»Vielleicht hat sie auch vor Panik einen Herzstillstand bekommen oder sich den Kopf angestoßen. Muss ziemlich rutschig sein auf den gefrorenen Plastikbeuteln. Ich will gar nicht wissen, was da drin ist.«

»Ich auch nicht.«

»Die Kinder sind schon viel zu lange allein im Auto.«

»Wir hätten Verstärkung anfordern sollen.«

»Dann hätte alles noch länger gedauert.«

Wir beschlossen, die Kinder nach Hause zu bringen, die Kollegen vom regulären Dienst zu verständigen und auf der Heimfahrt den Bericht zu schreiben. Morgen früh um acht würden wir wieder in der Vorlesung sitzen. Und ich musste heute Abend noch die Dissertation weiter lesen.

Die Adresse der Zwillinge fanden wir in ihren Schultaschen. Sie wohnten in einem wenig einladenden Wohnblock ein paar Kilometer weiter. Zum ersten Mal seit langem wurde uns eine Haustür geöffnet. Margas und Jos Eltern hatten die Polizei noch nicht alarmiert, der Vater suchte mit Freunden die Gegend ab, während die Mutter zu Hause wartete. Sie war froh, ihre Kinder wieder zu haben, und noch froher, uns schnell wieder los zu werden.

Wir unsererseits waren erleichtert, ein umfangreiches Protokoll für den Nachmittag einschicken zu können, dass nichts mit dem Kurzbesuch bei der Oberfinanzdirektion zu tun hatte.

Immerhin war ich nicht so spät wie gestern zu Hause angekommen. Ich hätte mich zu Hause gern entspannt und ein, zwei Bier getrunken, aber ich konnte Zoë am nächsten Tag nicht unter die Augen treten, ohne weiter gelesen zu haben.

Die Nacharbeit vom Seminar musste ich auch noch irgendwann machen, wahrscheinlich würde ich erst am Wochenende dazu kommen.

Okkulte Ursprünge – Ordo Hermeticus Poteniæ Altioræ

In den Anfängen der Menschenjagd als wenn auch nicht Massenbewegung, so doch als Trend, der eine zahlenmäßig signifikante Anzahl Menschen erfasste, spielten soziale Medien ein große Rolle. In verschlüsselten Chatgruppen wurden Tipps für Jagdmethoden und -reviere, Zubereitungsmethoden und Vermeidung von Strafverfolgung ausgetauscht. Wie unter Anglern, Waidleuten oder Großwildjägern wurden Bilder von Trophäen und von Beute gezeigt. Es wurde aber auch über die vermeintlich kraft-spendenden Effekte der Anthropophagie spekuliert und die diskriminierenden, etwa rassistischen und quasireligiösen Begründungen für die Jagd auf und den Verzehr von als minderwertig empfundenen oder als Beute attraktiven Menschen diskutiert. Dabei wurde oft auf historischen und ethnischen Kannibalismus verwiesen. Durch Auswertung von Chat-Protokollen und anderen Aufzeichnungen konnte aber nachgewiesen werden (Cam20), dass die Ursprünge dieser Bewegung im Versuch einer Nachahmung, wenn nicht Wiederbelebung eines Geheimordens bestand, der in Großbritannien in der 20-er und 30-er Jahren des zwanzigsten Jahrhunderts existierte und schon in den späten 70-er und frühen 80er-Jahren eine Art zweiter Blüte erlebte.

Der Ordo Hermeticus Potentiæ Altioræ oder Hermetic Order of the Higher Power wurde 1921 in Shrewsbury von Enoch Hadleigh gegründet. Der Orden der Höheren Macht wird den satanistischen Sekten zugerechnet, das heißt, Kulten, in denen der Teufel beziehungsweise das Böse unter verschiedenen Namen verehrt wurden.

(Fußnote: Das Gründen von hermetischen, d.h. abgeschlossenen Orden bzw. Geheimbünden mit okkultem Hintergrund könnte man als eine Modeerscheinung in gehobenen Kreisen des ausgehenden 19. Jahrhunderts bezeichnen. Von edlen Beweggründen zu Machtmissbrauch war es hierbei oft nur ein kurzer Weg.)

Über Enoch Hadleigh ist wenig Gesichertes aus neutralen Quellen bekannt. Angeblich kam er als Sohn einen reichen Kaufmanns oder Reeders in Portsmouth in Südengland ca. 1890 zur Welt. Sein richtiger Name war nach einer Quelle (Cro06) Alfred G. Smith. Er absolvierte eine Privatschule, welche, ist selbst in seinen eigenen Aufzeichnungen nicht überliefert. In späteren Selbstbeschreibungen stellte er sich als rebellischen Schüler dar, der früh Erfahrungen mit Alkohol, Tabak und Sexualität suchte. Trotzdem will er danach ein Theologiestudium in Cambridge aufgenommen haben, dass er nach einiger Zeit wieder aufgab. Kurz vor dem ersten Weltkrieg versuchte er, sich als Schriftsteller in London zu etablieren, scheiterte jedoch. Wenige Beiträge erschienen schlecht bezahlt in Zeitschriften, einen Buchverlag konnte er nicht finden. Viele in dieser Zeit entstandenen Manuskripte hat er später vernichtet. Bei Ausbruch des ersten Weltkriegs 1914 meldete er sich freiwillig, wurde jedoch als geisteskrank oder eventuell homosexuell denunziert (was in dieser bornierten Zeit vielleicht als nicht allzu verschieden voneinander angesehen wurde) und infolgedessen für untauglich befunden. Bereits vor dem Krieg hatte er Kontakt zu theosophischen Zirkeln und beschäftigte sich mit asiatischen Religionen, hauptsächlich vorbuddhistischen schamanischen Kulten aus dem Himalaya, aber auch mit okkulten Themen und sogenannten Naturreligionen (Auflistung und Diskussion s. Anhang B).

Ab 1916 begann er, unter dem Namen Enoch Japhet Hadleigh aufzutreten, spiritistische Traktate zu verfassen und Vorträge zu halten. Er profitierte späteren Aussagen einiger Wegbegleiter zufolge von der seelischen Erschütterung, die der Weltkrieg ausgelöst hatte, von sich auflösenden Weltbildern, verloren gegangenen Glaubenssätzen und schwindenden Gewissheiten. Auch soll er aus dem kriegsbedingten Männermangel seine Vorteile gezogen haben, eine seine »Schülerinnen« meinte sogar, die neue sexuelle Begehrtheit habe dazu geführt, dass sein ursprünglicher Minderwertigkeitskomplex in Selbstüberschätzung und Dominanzverhalten überging. Es bestanden Kontakte zu anderen esoterischen Zirkeln, auch zu neuheidnischen und anderen satanistischen Gruppen. Die Einflüsse, die er hieraus zog, werden weiter unten gesondert diskutiert. (s. Abschnitt XX)

Nach polizeilichen Ermittlungen wegen sexueller Verfehlungen und Drogendelikten verließ er London und zog nach Shrewsbury (Grafschaft Shropshire, England), wohin ihm einige wenige seiner Anhänger folgten. Hadleigh »entschlackte« dort sozusagen seine Lehre und seine Einflüsse, wobei er sich auf die radikalen Thesen fokussierte. Auf dieser Basis begründete er den Ordo Hermeticus Potentiæ Altioræ.

Er bestand lange Zeit nur aus sehr wenigen Mitgliedern, Schülern, die Hadleigh persönlich auswählte, meist, nachdem er sie in anderen okkulten Verbindungen kennengelernt hatte.

Enoch Hadleigh verfasste die heiligen Schriften, von denen er behauptete, eine höhere Macht (oder niedrigere, je nach Blickwinkel) hätte sie ihm eingegeben, in mehreren Teilen, die wohl ursprünglich nicht als zusammenhängendes Ganzes geplant waren. Erst später fasste Hadleigh die wichtigsten Teile in überarbeiteter Form zusammen (Analyse der Entstehung und Synopsis der unterschiedlichen Varianten Abschnitt XY). Teilweise existierten noch Urschriften im Original, so dass Abweichungen und apokryphe, also später nicht aufgenommene, aber wieder entdeckte Teile zu Richtungsstreitereien und abweichender Exegese unter den Anhängern führten. Das Werk trug zunächst keinen Titel, wurde aber später als Book of Hadleigh oder Liber Potentiæ Altioræ bezeichnet.

Er ließ eine kleine Auflage von 66 Exemplaren drucken, von denen berichtet wurde, sie seien in gegerbte Menschenhaut gebunden. Ein beschädigtes Exemplar, das noch erhalten ist, wurde analysiert (Rasterelektronenmikroskopie, DNS-Untersuchung und Peptid-Massen-Fingerprint (Dar10)): Der Einband besteht aus minderwertigem Schweinsleder.

Hadleigh legt hierin seit Welt- und Menschenbild dar, das ihm vermutlich durch das Studium okkulter Literatur, aber auch durch rauschhafte Erfahrungen im Zusammenhang mit Drogen und Schwarzen Messen zuteil geworden sein mag. Im Prolog des Liber Potentiæ Altioræ wird allerdings behauptet, dieses sei Enoch Hadleigh vom Satan selbst diktiert worden. Die sieben Abschnitte seien in sieben Begegnungen diktiert worden. Der Satan sei ihm, wie er einleitend ausführt, zuerst auf dem Friedhof, im Wald, am Strand, in einer Ruine, an einer Straßenkreuzung, in einem Sumpfgebiet und schließlich bei ihm zu Hause erschienen. (Die Einleitung müsste also nachträglich verfasst worden sein.) Bei einem achten Besuch habe Satan Hadleighs Manusskript gelesen, ohne sich ihm zu zeigen, habe Korrekturen vorgenommen und dem Werk durch Einritzen eines Pentagramms seinen Segen zu geben. Das korrigierte

Manuskript mit dem fünfstrahligen Stern wollen einige seiner Jünger noch selbst gesehen haben.

Inhalte der Glaubenslehre

»Without spirit and will, the body is nothing but matter, nothing but meat.« Liber Potentiæ Altioræ, S. 43. (Ohne Geist und Willen ist der Körper nur noch Materie, nur noch Fleisch. Übers v. d. Autorin)

Hadleigh benennt die Zerstörung als die eigentliche schöpferische Macht, während es den aufbauenden, vermeintlich produktiven Kräfte immer der Perfektion ermangele. Materie und Leben wucherten ungezielt und von allein. Jeder Versuch einer Rechtfertigung Gottes (Theodizee) sei von vornherein zum Scheitern verurteilt, da das »Böse« in der Welt die stärkere Kraft sei, die somit keiner Rechtfertigung bedürfe. Wer an Gott glaube, müsste daher mindestens ebenso sehr an den Teufel oder Dämonen glauben.

(Fußnote: In einer frühen, apokryphen, aber eindeutig ihm zuzuordnenden Schrift argumentiert Hadleigh, Satan sei eine weibliche Kraft. Vielleicht steckte nicht mehr als Provokation dahinter. Später hat er dies nicht mehr aufgegriffen. Dennoch gab es unter späteren Anhängern Diskussionen über diesen Punkt, die damit endeten, dass sich die Befürworter eines männlichen Teufels durchsetzten.)

Die Behauptung einer Ursünde oder Urschuld bezeichnet er als irrelevant, da die Alternative einer angeborenen Unschuld und einer makellosen Lebensführung nicht existiere.

Hadleigh postuliert die absolute Macht des Stärkeren, dem das Recht zufiele, auf Kosten des Schwächeren zu leben, im Wortsinn bis hin zum Kannibalismus. Das Leben, selbst der Körper des Schwächeren gehört dem Stärkeren. Weiterhin rechtfertigt er so Sklaverei und sexuelle Ausbeutung. Als Heuchelei bezeichnet es Hadleigh, wenn Religionen, Weltanschauungen oder Ideologien dieses Recht des Stärkeren ausüben wollen, aber sich hinter Glaubenssätzen, Argumenten und Bewertungen (Glaube und Religion, Überzeugung, Rasse etc.) verstecken und moralische Pseudourteile fällen, um Gegner zu vernichten oder zu unterdrücken. Höhere Zwecke und edle Beweggründe seien nur vorgeschoben oder aber würden von naiven Getäuschten vorgebracht.

Es gebe ferner großen Zahlen gleichartiger, geringwertiger Menschen, von denen folglich viele überflüssig seien. Redundanz aber sei nicht im Sinne der höheren Macht. Hadleigh äußert sich also konträr zu Religionen und Weltanschauungen, nach denen jedes menschliche Leben besonders und wertvoll sei. Er ist der Meinung, die Zahl der Menschen sei viel zu hoch, Materie und (physische, geistige und spirituelle) Kraft sollten auf wenige konzentriert werden.

Das Betonen des Rechts des Stärkeren lässt sich als trivialdarwinistische Weltanschauung deuten, dem widersprechen unwissenschaftliche Behauptungen zu den übernatürlichen Kräften Satans jedoch. Der Begriff »survival of the fittest« (Überleben des Stärkeren) war Hadleigh bekannt, wie seine Briefe beweisen, für eine weitergehende Auseinandersetzung mit Darwins Schriften und Theorien fehlen Belege.

(Fußnote: Darwinismus erklären – oder ist das nicht notwendig?)

Im zweiten Abschnitt des Book of Hadleigh argumentiert er, Reinheit sei ein unnatürlicher Zustand auf der körperlichen Ebene. Die Initiieren seien daher angehalten, Reinheit zu bekämpfen, durch Schmutz, durch Gewalt und Blut, durch Sex sowie durch Rausch und Drogen. Die Reinheitsbegriffe der überholten Religionen seien nichts als Druckmittel, die Gläubigen zu unterdrücken und ihnen ein schlechtes Gewissen zu machen, da, wie gesagt, körperliche Reinheit im Grunde nicht möglich ist.

Auf der geistigen Ebene sei Reinheit ein zweideutiger Begriff. Unreine Gedanken und Gelüste gäbe es nicht, Reinheit in Form von Abwesenheit und Unbeeinflusstsein von Feinden und Fehlgeleiteten, Schwachen und Minderwertigen sei jedoch anzustreben. Diese dürfen, ja sollen daher getötet und aufgegessen werden.

Zum Leben nach dem Tode lehrt Hadleigh zunächst, dass es nur unterschiedliche Formen der Verdammnis gebe, nicht aber Belohnung oder Bestrafung für das Verhalten zu Lebzeiten. Es sei daher nicht nur unangebracht, gute Werke um ihrer selbst zu tun, sondern besser, sich auf die Seite Satans zu stellen, um im Jenseits nicht nur Opfer zu sein, sondern sich mit der vermeintlich bösen Seite zu identifizieren, um es nicht allzu schlecht zu haben. Darin unterschieden sich die Leben vor und nach dem Tod nicht sehr. Diese Form von Jenseitsglauben, die noch wie ein ungefähres Spiegelbild der christlichen Lehre erscheint, wird im Kapitel YY im Vergleich mit anderen Religionen diskutiert.

In der finalen Version des Liber Potentiæ Altioræ lehnt Hadleigh auch das Konzept der Wiederauferstehung ab. Was verwest oder anderweitig verschwunden sei – nicht zuletzt verdaut! –, sei endgültig verloren. Die Wiederauferstehung verwester Leichen zog er ins Lächerliche und beschrieb sie ähnlich der Zombie-Apokalypse moderner Horrorfilme. Zerstörte

Organe können nicht funktionieren, also ist diese Vorstellung unsinnig. Speziell Gehirn und Sinnesorgane müssten intakt sein, um das Leben nach dem Tod zu steuern und zu genießen. Die Vorstellung einer vom Körper losgelösten Seele nannte er unsinnig.

Dennoch sei das ewige Leben möglich und erstrebenswert, aber eben in der irdischen Gestalt, die sich mit Satan vereinige, von ihm als sein Diener ewig erhalten werden, sofern man sich würdig erweise. Am Ende werde Satan die Weltherrschaft übernehmen, sein Ewiges Reich errichten und die seinen über die Schwachen und Minderwertigen erheben.

Hadleigh argumentiert oft in Auseinandersetzung mit den heiligen Schriften verschiedener Religionen – Bibel, Talmud, Koran, ferner Lehren des Zoroastrismus und Hinduismus sowie keltischen und schamanischen Überlieferungen –, wobei er meist deren Aussagen in seinem Sinne verdreht oder ihnen offen widerspricht, zum Beispiel dem Gebot der Nächstenliebe.

Inwieweit er seine Lehren persönlich umsetzte, ist schwer herauszufinden. Seine Tagebücher, Briefe und andere Schriften sind als unzuverlässig anzusehen, solange sie nicht durch weitere, möglichst abgesicherte Quellen bestätigt werden, etwa behördliche Aufzeichnungen oder Zeitungsartikel. In Polizei- und Gerichtsakten tauchen Hadleigh oder der Orden (zu seiner Zeit) schlicht nicht auf. Entweder hat es keine gewalttätigen Vorfälle gegeben, Hadleighs Thesen blieben gleichsam nur graue Theorie, oder derartiges wurde geschickt verborgen. Auch seine Anhänger haben nur wenige Aufzeichnungen hinterlassen, wie etwa Beschreibungen schwarzer Messen und kultischer Orgien. Die wenigen Schilderungen sind jedoch so inkonsistent, dass sie vermutlich nur Aufschneiderei oder Wunschvorstellung sind, teils auch unter Drogeneinfluss entstanden. Robert Furlough (s.u.) etwa schildert sich in einigen seiner Aufzeichnungen als »rechte Hand des Propheten Satans«, wohingegen eine andere Anhängerin, die Malerin Phillipa Wyvern, ihn als Hadleighs »Fußabtreter« bezeichnet.

Hadleigh feierte demnach mit seinen Anhängern »Messen der Erweckung« (»masses of awakening«), die gewöhnlich in Orgien endeten. Als Altar diente eine unbekleidete weibliche Anhängerin, was bedeutete, das Hadleigh auf ihrem Rücken seine Schriften ablegte, aus denen seine Beschwörungen deklamierte, wobei er nur mit einem schwarzen Umhang bekleidet war. Kelche mit Wein wurden geleert, der manchmal mit Opium angereichert war. Fliegenpilze, Haschisch oder Peyote, die die Hostien christlicher Messen ersetzten, sollten für Rauschzustände sorgen. Die Drogen sollen ebenfalls direkt vom nackten Rücken konsumiert worden sein. Hadleigh erlegte seinen Anhängern ein Taufritual mit Blut und Feuer auf, bei dem er den Initiierten mit seinem eigenen Blut auf dem Kopf beträufelte, und bei welchem der Täufling seinen linken Handrücken in eine Kerzenflamme halten musste. Das Blut wurde ihm vorher durch einen kleinen Schnitt in den Daumen oder über die Zunge entnommen, in einem Kelch aufgefangen und dem Satan geweiht. Außerdem führte er das Schlagen des Pentagramms ein, eine höhnische Parodie auf das Schlagen des Kreuzes christlicher Konfessionen: Durch Berühren von Brustbein, Schultern und Ohren wurde ein auf dem Kopf stehendes Pentagramm angedeutet (Fußnote: Nur das umgekehrte Pentagramm, auch Drudenfuß genannt, ist ein okkultes Symbol (Drudenfußnote). Die zwei nach oben weisenden Zacken werden als Teufelshörner gedeutet.). Ferner mussten bei Beschwörungen Satans die Gläubigen in Richtung des Sonnenuntergangs niederknien. Da sich diese Richtung im Laufe der Jahreszeiten veränderte, entstand oft Streit über die richtige Orientierung, als Hadleigh nicht mehr die Richtung vorgab. Furlough zitierte in seinen Schriften Hadleighs rituelle Vorschriften zum Kannibalismus. Der Esser sollte sich seiner Macht bewusst sein, das Opfer erfuhr die ultimative Entmachtung. Nach Möglichkeit sollte das Opfer mit dem Kopf in Richtung der untergehenden Sonne gedreht (s.o.) und sodann geschächtet werden. Das Blut, dass Träger der ungläubigen Seele war, sollte vernichtet werden, ebenso die jeweils wertlosen Teile (z.B. das Gehirn von Opfern, die als geistig minderbemittelt angesehen wurden), während durch den rituellen Verzehr wertvoller Körperteile (z.B. starke Muskeln) die positiven Eigenschaften des Opfers übernommen werden sollten.

Furlough behauptet, Hadleigh habe tatsächlich einen Hausierer auf diese Art getötet und zusammen mit Ordensanhängern in Teilen verzehrt. Der Hausierer wurde ausgewählt, weil niemand sein Verschwinden bemerken würde, oder erst spät und ohne die Spuren zurückverfolgen zu können. Curfew et al. (Cur92) haben jedoch zeitgenössische Polizeiakten studiert und konnten weder Belege für einen Mord noch für das Verschwinden eines Verkäufers, Bettlers oder Landstreichers zur fraglichen Zeit finden, so dass der Wahrheitsgehalt dieser Schilderung zweifelhaft bleibt.

Enoch Hadleigh hatte als Kind einen Unfall, bei dem er durch einen Stoß unter das Kinn seine Zungenspitze zerbiss (laut Alfred G. Smiths Musterungsakte von 1914, die zufällig erhalten blieb, da sie für einen medizinische Studie mit ausgewertet wurde (Hop31), wodurch seine Aussprache beeinträchtigt wurde. Furlough erwähnt sein »süßes Lispeln« (Cur92), Wyvern schrieb, er habe gezischt wie eine Schlange. Einige seiner Anhänger fügten sich in Nachahmung dessen Schnitte zu und spalteten ihre Zungenspitze.

Nach den Analen des Ordo Hermeticus Potentiæ Altioræ starb Enoch Japhet Hadleigh im September 1937 während einer schwarzen Messe, möglicherweise an einer Überdosis Opium. Vermutlich ist das nur eine Legende. Nach einer anderen Quelle verschwand er spurlos – seine Vermieterin zeigte ihn später an, da er ihr fünf Monatsmieten schuldete und seine zurückgelassenen Habseligkeiten so gut wie nichts wert waren. Nach dem Sterberegister der Stadt Birmingham verstarb am 7. September 1937 ein Alfred Smith auf der Durchreise in einem Hotel, in dem er sich für eine Nacht einquartiert hatte.

3

Von der Jura-Vorlesung am nächsten Tag bekam ich nicht
viel mit, aber Zoë sagte mir hinterher, es sei ohnehin langweilig gewesen, Beamtenrecht. Zum Glück war heute schon
um elf Uhr Vorlesungsende, da die angewandte Psychologie
ausfiel. Wir hatten also reichlich Gelegenheit, nach Emma-
Luise zu suchen.
In der Uni in Elberfeld mussten wir uns durchfragen, erst
zum Fachbereich Religionswissenschaften, dann zum Büro
von Professor Scherkenbach, wo wir die Sekretärin nach
Emma-Luises Adresse fragten. Zuerst erkundigten wir uns
im Fachbereichsbüro, dort konnte man uns nicht damit wei-
terhelfen, die Leute dort konnten sich an Emma-Luise erinnern, aber nicht, dass sie in der letzten Zeit hier gewesen sei.
Studenten, die wir auf dem Korridor ansprachen, hatten sie
auch länger nicht gesehen. Zoë warf mir Blicke zu, die ver-
rieten, was sie über die geisteswissenschaftlichen Studenten
dachte, die alle mindestens in unserem Alter waren. Frau
Professor Scherkenbach war nicht im Haus, wie ihre Assistentin sagte. Sie hatte die Daten der studentischen Mitarbei-
ter auf ihrem Computer. Nach Scannen unserer Dienstaus-
weise, der Echtheitsbestätigung aus dem Landeskriminalamt
und vor allem gutem Zureden – Zoë spielte ihren ganzen
Charme aus – verriet sie uns schließlich Emma-Luises
Adresse. Wir waren kurz vor dem Ziel, falls sie noch lebte.
Zoë schlug vor, dass wir hier in die Mensa zum Essen gingen. »Ich bin so selten in einem Kindergarten, in dem ich
das Durchschnittsalter unterschreite«, war ihre Begründung.
Ich gab nach, schließlich hatte ich über der Fragerei Hunger
bekommen, außerdem hatten wir ja auch Studentenauswei-
se, sodass man uns in die Mensa lassen und verköstigen
musste, obwohl wir sichtbar bewaffnet waren und niemand
hier »Bullen« mochte. Das war scheinheilig, denn daran,

dass der Campus gut bewacht war von einem bewaffneten Sicherheitsdienst, hatten sich alle längst gewöhnt und sahen es als selbstverständlich an. Es war jetzt allerdings schon halb drei am Nachmittag, und wir bekamen nur noch Grünkernbratlinge an Reis und Ratatouille mit einem Rote-Beete-Smoothie als Nachtisch.

»Das Essen gehört tatsächlich in den Kindergarten«, meinte ich. »Steht hier irgendwo was zum Nachwürzen?«

»Ob unsere Emma-Luise wohl auch schon zur Anthropophagin geworden ist oder wenigstens heimliche Gelüste verspürt? Übrigens stehen da Worchestersauce und ein fair gehandeltes, ökologisch angebautes Tabasco-Imitat neben der Kasse.«

»Ich bewundere deine Beobachtungsgabe. – Du meinst, ob sie schon Menschenfleisch gegessen hat? Weil sie über Kannibalismus schreibt?«, fragte ich, als ich mit der Würze zurück war. »Oder weil das Mensaessen einen aus Dauer zwingt, sich nach Alternativen umzusehen?«

»Vielleicht kennt sie sich in den okkulten Kreisen oder sonstigen heimlichen Gruppen besser aus, als sie in ihrer Arbeit zugeben würde. Schon vor Beginn ihrer Forschungen, was sie dafür qualifizieren würde. Oder vielleicht ist sie auch durch ihre Schreiberei auf dumme Gedanken gekommen. Als Tochter aus reichem Haus kann das doch mal passieren.«

»Woher soll ich das wissen, ich kenne sie ja überhaupt nicht«, antwortete ich. »Ich hab das Gefühl, was sie schreibt, hat sie sich aus Büchern und Fachartikeln zusammengesucht.«

»Andererseits sind ja genug Jäger und Menschenfresser unerkannt unter uns, das weiß ja keiner besser als wir. Und ich frage mich immer wieder, wie die dazu kommen, ob das nicht scheinbar harmlose Zeitgenossen sind mit der Faszination am Abartigen.«

Wir hatten erst halb aufgegessen, als unsere Smartphones Alarm schlugen, und wir zu einem Notfall in der Nähe gerufen wurden – diesen hatten wir nicht selbst ausgelöst. Wir sprinteten durch die Mensa und den halben Campus zum Parkhaus, das in einiger Entfernung und einige Treppen tiefer lag – ohne vorher unsere Tabletts mit den Tellern wegzuräumen. An eine Wand neben den Frauenparkplätzen hatte jemand gesprayt:»Old white men are toxic«, darunter stand in einer anderen Schrift:»Dann esst doch was anderes!«.

Zoë überspielte die Adresse aus der Notfallmeldung auf das Navigationssystem des Wagens, das uns zu einem heruntergekommenen Mietshauses in einer engen, schmalen Strasse führte und unterwegs die Details aus der Fallmeldung vorlas. Eine Nachbarin hatte Schreie hinter aus einer Wohnung gehört, aufgeregt die Polizei alarmiert und berichtet, jemand würde ermordet und wahrscheinlich aufgefressen. Den Wagen ließen wir mitten auf der Straße stehen, da beide Straßenränder vollgeparkt waren. Das bedeutete, wir mussten uns beeilen, weil gleich ein Hupkonzert beginnen würde, wenn sich die ersten Autofahrer über die blockierte Straße ärgerten. Wir ließen zwar das stumm geschaltete Blaulicht auf dem Wagendach blinken, um anzuzeigen, dass ein Einsatz lief, aber wahrscheinlich würde trotzdem jemand hupen. Das Martinshorn konnten wir nicht laufen lassen, das hätte den Täter gewarnt. Gleichzeitig mussten wir aufpassen, dass wir nicht in eine Falle gelockt wurden – alles schon vorgekommen laut Lehrbuch. Leider konnten wir auch nicht auf Verstärkung warten. Zwei Minuten raus aus der Uni, und schon waren wir in einer ganz anderen Umgebung.

Die aufmerksame Nachbarin erwartete uns vor der Haustür, eine vielleicht fünfzigjährige Frau, die sofort auf uns einredete: Wo wir so lange blieben, dass sie schon immer gewusst habe, dass mit dem Nachbarn etwas nicht stimmte. Sie wirkte genauso derangiert und notdürftig renoviert wie ihr Wohnhaus. Die betreffende Wohnung lag glücklicherweise im Erdgeschoss. Zoë drehte sich um und gab der Frau ein Zeichen zu schweigen. Normalerweise hätte wir jetzt klingeln müssen, aber was war hier normal? Die Frau war hatte wahrscheinlich Tränengas oder eine andere Waffe in der Tasche ihrer Strickjacke, sonst hätte sie sicher nicht ihre Wohnung verlassen. Damit würde sie uns vielleicht gefährlich werden können, deshalb musste ich sie im Auge behalten. Möglicherweise wollte sie uns eine Falle stellen, vielleicht war es auch nur ein falscher Alarm, weil sich jemand lautstark gestritten hatte.

Gerade, als Zoë die Hand nach dem Klingelknopf ausstreckte, hörte man drinnen einen Schrei und ein Poltern, als ob etwas Schweres zu Boden ging. Kurz entschlossen hob Zoë ihre Maschinenpistole, trat die Tür ein – sie flog geradezu nach innen, Schloss und Angeln waren noch schwächer als erwartet – und stürmte hinein. Ich folgte ihr. Ich hatte eine schäbige, vermüllte Höhle erwartet, stattdessen war es ziemlich aufgeräumt und sauber, selbst in Bad und Küche. Da Zoë durch die offen stehende Wohnzimmertür lief, hatte ich die übrigen Räume zu sichern. Küche und Bad waren leer, ebenso das Schlafzimmer. Im Wohnzimmer hatte Zoë zwei Männer gestellt und ihnen befohlen, sich auf den Fußboden zu legen. Einer lag mit ausgestreckten Armen und Beinen, als ich eintraf, der andere stand nur da und kuckte blöd auf Zoës Waffe. Ich steckte meine Pistole zurück, drehte ihm die Arme auf den Rücken und fixierte sie mit einem Plastikbinder. Dann legte ich ihn unsanft auf dem Boden ab. An der Wand lief ein Bildschirm, wie ich jetzt erst bemerkte. Das Bild war ziemlich dunkel. Jemand begann zu schreien, während mit Messern auf ihn eingestochen wurde. Das Gerät war viel zu laut eingestellt. Das passierte alles viel schneller, als es sich erzählen lässt.

»Ich habe hier nirgendwo eine Leiche oder Messer gesehen«, sagte ich zu Zoë.

»Fehlalarm, weil jemand zu laut einen Film kuckt«, antwortete Zoë. »Ist ja ein echter Klassiker unter den schlechten Witzen!«

Draußen hupte jemand ausdauernd. Ich schaltete den Bildschirm aus.

Zoë drehte den ersten Gefesselten auf den Rücken und leuchtete ihm ins Gesicht. Der Mann hatte winzige Pupillen.

»Der hat was genommen, ein Opiat oder so«, meinte sie.

»Dann sind wir ja nicht ganz umsonst gekommen.« Er kuckte abgrundtief böse, wollte aber nicht mit uns reden.

Der andere zitterte am ganzen Körper, aber wenigstens reagierten die Augen normal.

»Ich wollte ihn rausschicken«, stotterte er. »Da hat er mich geschlagen.«

»Wer? Dein Freund hier?«, fragte Zoë und zeigte auf den ersten.

»Ich gehe raus, parke den Wagen und rufe die Kollegen vom nächsten Revier«, sagte ich zu Zoë. »Dann machen wir hier Ordnung und kümmern uns um das Protokoll.«

Während wir noch die Personalien der Nachbarin aufnahmen, um sie dann abzuwimmeln – leider würde der falsche Alarm für sie folgenlos bleiben, aber wir brauchen ihren Namen für die Akten – , tauchte eine weitere Mieterin aus dem Haus auf. Sie wunderte sich, was hier los war, und erzählte uns, der junge Mann, der hier wohnte, sei geistig leider etwas minderbemittelt und schwerhörig, aber völlig harmlos, nur habe er einige zwielichtige Freunde, die ihn ausnutzten, und er habe oft den Fernseher oder Musik in hoher Lautstärke laufen. Die denunzierende Nachbarin – die mittlerweile verschwunden war –, wisse das alles, hätte aber schon mehrmals versucht, ihn aus dem Haus zu ekeln und bei Nachbarn und beim Vermieter anzuschwärzen. Derweil rückten unsere Kollegen an, um den etwas zwielichtigen Freund auf Drogen abzuholen. Den schwerhörigen Horrorfilm-Fan mussten wir beruhigen und seine Tür notdürftig reparieren. Am Ende hatte uns das alles den ganzen Rest des Nachmittags gekostet. Und um einundzwanzig Uhr stand ein Nachteinsatz an.

Zoë hatte gesagt, sie könnte den Nachtzuschlag und die Gefahrenzulage gut gebrauchen, also war ich damit einverstanden gewesen, dass wir uns freiwillig meldeten. Bei unserem letzten Nachteinsatz waren wir als »Objektschützer« eingeteilt, und es war nur langweilig, aber nicht gefährlich gewesen: Wir hatten den Hintereingang einer Festhalle bewacht, und es war den ganzen Abend lang niemand zu sehen gewesen. Drinnen fand irgendeine Gedenkfeier oder Preisverleihung oder so etwas stand, wir hörten draußen, dass Reden gehalten wurden, ohne den Wortlaut zu verstehen, und das manchmal klassische Musik gespielt wurde. Als heute die Einsatzbeschreibung und die Adresse gesendet wurden, stellte sich heraus, dass es ein Lockvogeleinsatz in einem kleinen Park war.

»Wir vermuten, dass sich Jäger in der Grünanlage zu schaffen machen«, erklärte uns Schnellinger, der Einsatzleiter, ein vielleicht vierzigjähriger Oberkommissar, bei dem man sich fragte, wie er es überhaupt auf der Karriereleiter so weit gebracht hatte. »Es gibt Anzeigen, dass hier schon versuchte Angriffe passiert sind. Zum Glück nicht mit Schusswaffen, also für euch ziemlich ungefährlich. Ihr werdet von zwei Drohnen mit Wärmebildkameras überwacht, wir haben Funkverbindung, das Sondereinsatzkommando ist in der Nähe, für den allerschlimmsten Notfall reichen die Elektroschocker. Keinen Maschinenpistolen! Die sind zu groß und auffällig.«

»Und was sollen wir im Park machen?«

»Ihr müsst euch dort natürlich möglichst lange aufhalten, ohne verdächtig zu wirken. Ihr werdet einfach ein Liebespaar spielen.«

»Als knusprige junge Köder? Das ist komplett idiotisch!«, murmelte Zoë.

»Bitte?«, fragte Schnellinger gereizt.

»Als ob heutzutage noch Liebespaare nachts knutschend auf Parkbänken sitzen würden und die Welt um sich herum vergessen. Wenn wir die Nummer spielen, wird niemand darauf hereinfallen.«

»Erstens habe ich nichts von Knutschen oder sonstigen Intimitäten gesagt, und zweitens, um so besser, dann wird sie ja niemand angreifen. Und überhaupt, seit wann haben sie Einsatzpläne zur Debatte zu stellen?«

Es war sinnlos, sich darüber zu streiten, es gab keinen Ausweg, der uns nicht um den Nachtzuschlag gebracht und eine schlechte Bewertung eingetragen hätte. Außerdem hatte Schnellinger einen schlechten Atem, gemischt mit einer Schnapsfahne und Pfefferminz, sodass es sich nicht empfahl, noch länger mit ihm zu diskutieren.

Die zwei Drohnenpiloten stiegen aus ihrem Van, und unsere Zuversicht stieg nicht. Zwei verpeilte Techniker, die ihre Fluggeräte ausluden und sich daran zu schaffen machen. Schnellinger drückte uns je einen Tracker in die Hand, »Nur für alle Fälle«, und klopfte uns auf die Schulter.

Händchenhaltend schlenderten wir in Richtung Park durch den lauen Sommerabend. Tatsächlich war es zu warm für eine Jacke, unter der man eine Schusswaffe verbergen konnte.

»Von okkulten Orden hatte ich bis zu dieser Dissertation nichts gehört. Das sind Mischungen aus Sekte und Geheimbund, so wie Freimaurer?«, fragte ich Zoë.

»Ja, so ähnlich.«

»Den Teufel anzubeten ist schon krasser Blödsinn. Schwarze Messen, seltsame Symbole und am Ende Menschenfresserei.«

»Blödsinn heißt noch lange nicht, dass keiner das ernst nimmt. Die Leute glauben das, was sie glauben wollen.«

»Ich glaube zum Beispiel, dass sich hier nachts kein Mensch rumtreibt«, meinte ich.

»Da hast du wahrscheinlich recht. Wie weit bist du mit dem Text?«

»Ich hab bei Hadleighs Tod aufgehört.«

»Okay. Danach kommt die Wiederauferstehung und Zerfall der Ordens und das brutale Erbe.«

»Ein happy end habe ich wohl nicht zu erwarten?«

»Nein. Die ganze Arbeit ist ja auch noch lange nicht fertig. Sie wird wahrscheinlich noch die okkulten Lehren genauer auseinanderzunehmen und mit anderen Kulten vergleichen. Und der Beweis, dass der heutige Kannibalismus auf den Orden zurückgeht, ist etwas dürftig.«

»Hey, nicht spoilern!«

Das Händchenhalten hatten wir längst aufgegeben, wir bemühten uns aber weiterhin, nicht zu schnell zu gehen, denn auch wenn wir jeden Weg abschritten, war die Grünanlage nicht so groß, dass wir nicht bald alles gesehen hatten. Verwinkelt, zugewachsen und hügelig war es hier allerdings.

»Wir sind jetzt zwei Mal durch diesen blöden Park, ohne jemand anderes als Tauben, Eichhörnchen und Ratten gesehen zu haben«, schimpfte ich. »Und dieses Kriegerdenkmal geht mir auf die Nerven.«

»Da steht eine Parkbank, wir können uns mal hinsetzen. Hinter der Bank ist nur Wiese.«

Wir setzten uns und ich ließ meinen Blick über den Rasen und die Blumenbeete schweifen. Außer leeren Verpackungen, Plastikflaschen, Hundekot und Einwegspritzen war nichts zu entdecken. Erstaunlicherweise funktionierte die Beleuchtung einwandfrei.

»Es geht auf ein Uhr zu, gleich müssten die Laternen ausgehen.« Die Stromsparmaßnahme würde den Rest der Nacht nicht schöner machen.

»Ja, lass uns weitergehen.« Zoë stand von der Parkbank auf. Ich glaubte, das leise Surren der Drohnen zu hören. Vielleicht waren die Piloten eingedöst, und die Fluggeräte verloren an Höhe. Oder die Akkus machten schlapp.

»Lass uns noch eine Runde da hinauf machen.« Der Weg schlängelte sich vor uns durch Baumgruppen nach oben.

»Da liegt etwa langes, helles im Busch.« Ich hatte plötzlich etwas entdeckt und bemühe mich, leise und sozusagen unsichtbar zu sprechen.

»Da rechts unter der Eibe?«, fragte Zoë genauso unauffällig.

»Als ob ich die Hecken erkennen würde!«

»Das könnte ein Stock oder eine Art Keule sein. Lass uns unauffällig weitergehen.«

Das Helle verschwand unter dem Gebüsch, aber ein paar Sekunden später verlöschten die Laternen. Wir blieben unwillkürlich stehen.

»Wenn er jetzt aufgestanden ist, will er uns hinter der Kastanie abfangen«, meinte Zoë.

»Oder sie«, warf ich ein und wusste selbst nicht warum.

»Hoffentlich ist es nur einer. Oder eine, meinetwegen. Lass uns einfach weiter gehen. Und wir müssen auf eine auffällige Tonspur umschalten.«

»Weiß deine Mutter, wo du heute Abend hingegangen bist?«, fragte ich lauter und in einem möglichst unbefangenen Tonfall, während ich meinen Arm um ihre Hüfte legte. An mir war kein Schauspieler verloren gegangen.

»Du lieber Himmel, nein. Ich habe gesagt, ich geh' zu Celine.«

»Zu wem?«

»Zu Celine.«

»Ich dachte, du hast Streit mit Celine?«

»Ja, aber davon weiß sie auch nichts.« Zoë entwand sich meinem Arm

»Böses Mädchen!«, lachte ich.

Das war das Signal, das wir verabredet hatten. Wir waren bei der Kastanie angekommen und liefen vom Weg herunter in Richtung Baum, dahin wo wir den Angreifer vermuteten. Tatsächlich war da jemand, der uns auflauerte, seinerseits überrascht war, dass Zoë knapp an ihm vorbei gesprungen war, und noch überraschter, als ich ihm den halb erhobenen Baseballschläger aus der Hand riss. Zoë sicherte den Rückraum, aber anscheinend war der Angreifer tatsächlich allein. Der Mann sprang seinerseits nach vorn auf den Weg und griff nach der Innentasche seiner Jacke. Die Bewegung, die ihn aus unserer Reichweite brachte, hatten wir nicht vorausgesehen. Zoë hatte ihren Elektroschocker schon im Anschlag, der aus unerfindlichen Gründen nicht auslösen wollte, ich hörte nur ein leeres Klicken. Der Angreifer zog einen Revolver aus der Jacke und schien sich für Zoë als erstes Ziel entscheiden zu wollen, soweit das im schwachen Mondlicht auszumachen war. Ich warf den Baseballschläger weg, zog meinen Elektroschocker und drückte ab. Zeitgleich mit Zoë, deren Waffe ihren Streik beendet hatte. Der Mann zappelte wie verrückt.

»Egal, doppelt hält besser«, meinte Zoë.

Der Körper kam schließlich zur Ruhe. Im Schein meiner Taschenlampe sammelten wir zuerst den Revolver ein. Von unten kam das Sondereinsatzkommando den Weg herauf gestürmt, immerhin drei Mann. Zwei sicherten die Büsche und Bäume rechts und links, einer stürzte sich auf den Jäger. Aus der Gegenrichtung rannte Schnellinger mit einem weiteren Kollegen heran. Mindestens eine Drohne musste doch funktioniert haben.

»Sehr gut, ich hab doch gewusst, dass wir heute einen fangen!«

»Der Mann ist tot, glaube ich«, sagte der SEK-Mann und stand auf. Die Laternen leuchteten wieder auf. Schnellinger hatte sogar an den Kontakt zum E-Werk gedacht, alle Achtung! Irgendwer vom Nachtdienst hatte uns auf sein Zeichen hin trotz der Energiesparmaßnahmen das Licht wieder angestellt.

»Was haben Sie mit dem gemacht? Geteasert? Haben Sie womöglich ihre Elektroschocker frisiert? Geben Sie die her, ich muss die beschlagnahmen.«

»Den können Sie gerne haben«, sagte Zoë kaltblütig. »Wir haben ihn gleichzeitig erwischt. Meiner hat zuerst nicht ausgelöst, erst, als Kevin auch schon schoss.«

Ein zweiter SEKler war dazugekommen. »Das kann schon reichen«, meinte er. »Die beiden können wahrscheinlich nichts dafür. Wir hatten mal einem Kunden mit Herzfehler und unter Drogen, den hat schon eine normale Ladung ins Jenseits befördert. Herzstillstand.«

Die beiden leuchteten dem Mann ins Auge und überprüften ihn auf sonstige Lebenszeichen. Der erste schüttelte nur den Kopf.

»Muss ein Amateur gewesen sein«, meinte ich. »Sonst hätte er den Baseballschläger dunkel angemalt. Der hat ihn verraten.«

»Und von wegen keine Schusswaffen!«, sagte Zoë, mittlerweile wütend, und drückte Schnellinger den Revolver in die Hand.

Wenigstens das Wegbringen des Jägers und das Protokollieren blieb uns diese Mal erspart.

4

»Das erinnert mich an einen von unseren Einsätzen vor ein paar Monaten«, meinte Murat, unser Tutor im Praxisseminar Spurensicherung II. Zoë und ich hatten ihm erzählt, wie wir die Horrorfilm-Wohnung gestürmt hatten, während wir unter seiner Aufsicht übten, Haare und Hautschuppen von Möbeln und Textilien einzusammeln, ohne sie mit unseren eigenen Mikropartikeln zu kontaminieren, was alles andere als spannend war. Die wirklich wichtigen Spuren waren ohnehin elektronische Daten, viel häufiger als irgendwelche biologischen Pröbchen oder gar Fingerabdrücke. Murat hatte uns gefragt, was wir so erlebt hatten in den letzten Tagen. Von dem Nachteinsatz durften wir nicht erzählen, weil wegen des toten Jägers und der angeblich manipulierten Elektroschockwaffen gegen uns ermittelt wurde. Also berichteten wir von der gestürmten Wohnung gestern Nachmittag. Und Murat musste seine Geschichte loswerden:

»Ein pensionierter Metzger, der von seinen Nachbarn denunziert wurde. Und immer noch ein passionierter Metzger. Wir haben seine Wohnung gestürmt und natürlich nichts gefunden. Außer ein paar alten Fleischmessern und Küchenmessern, auf denen wir im Schnelltest Blut nachweisen konnten. Am Ende war es natürlich nur vom Rind und Schwein, außerdem Schaf, Kaninchen und Taube, den DNA-Tests im Labor zufolge. Kein Menschenblut. Den Schnelltest für Blutspuren hattet ihr natürlich schon im letzten Semester?«

»Klar«, meinte Zoë.

»Der Fleischer hatte solche Schaubilder wie in einer Metzgerei in seinem Wohnzimmer aufgehängt, so Umrisse von einem Schwein und einer Kuh, in die eingezeichnet war, welches Fleischstück wo sitzt, Filet, Koteletts, Vorder- und Hinterschinken, Gulasch, solche Sachen.«

»Du weißt schon, dass Zoë Vegetarierin ist?«

»Dann hatte er wohl auch Kindern aus der Nachbarschaft erzählt, wie er als Lehrling Knochen putzen musste, also mit dem Messer Fleischreste von den Knochen kratzen, die dann in die Wurst kamen. Das fanden die unheimlich, und als die Eltern davon hörten, waren sie auch nicht begeistert. Wie gesagt, der Typ war schräg, aber völlig harmlos.«

»Saubere Knochen«, Zoë grinste mich an. »Unser Thema!«

»Ja, danke.«

»Was macht ihr mit Knochen? Wart ihr wieder in dieser Knochenmehlfabrik?«

»Ja, neulich. Übrigens werden Knochen in Schlachthöfen schon seit Jahrzehnten von Maschinen gereinigt. Tierknochen meine ich natürlich.«

»Das will ich jetzt gar nicht so genau wissen«, sagte Murat.

»Was hast du heute auf dem Pausenbrot?« fragte Zoë.

»Salami«, antwortete Murat.

»Wie die Nachbarn von deinem Fleischer, vermute ich«, meinte Zoë. »Ist ja auch egal, wie die Kuh die in Wurst kommt.«

»Danke für den Hinweis. Genau, die Nachbarn wollten den los werden, und irgendwer hat eine anonymen Anruf gemacht, in der Wohnung würde gerade ein Kind geschlachtet. Da mussten wir dann rein. So ein Mist kommt immer wieder vor. Nur war der Fleischer nicht schwerhörig, der hat artig die Tür aufgemacht, als wir geklingelt haben. Wir mussten die Tür nicht eintreten.« Murat grinste.

Nach dem Praxisseminar kamen noch zwei Stunden Schulsport: Im Dauerlauf zum Fußballplatz, dort ein Spiel und im Dauerlauf wieder zurück. Duschen, Mittagspause, und dann hatten wir wieder »selbstständigen Außendienst.«

Wir fuhren durch Cronenberg Streife, alles sah friedlich, also langweilig aus. Graue Wolken hingen ziemlich niedrig, aber es regnete nicht.

»Ich wusste gar nicht, dass hier eine Musikschule ist«, meinte Zoë

»Was?«

»Das Schild da. Hast du ein Instrument gelernt als Kind?«

»Nein. Kein Geld, keine Zeit, keine Lust. Du?«

»Blockflöte, aber eigentlich wollte ich Klavier spielen. Dafür war aber kein Geld und kein Platz da. – Fahr mal unauffällig rechts ran. Warte, hier in den Seitenweg.«

»Was ist?«

»Hast du die Frau gesehen, die aus dem Kombi mit den verdunkelten Scheiben gestiegen ist?«

»Warte, die blonde da hinten? Sah völlig normal aus.«

»Die Jacke ist zu warm für einen Tag wie heute. Sie hat irgendwas zu verbergen.«

Die Frau trug eine dunkle Lederjacke, nicht unelegant, aber vielleicht wirklich zu warm. Sie stand neben ihrem Wagen und richtete etwas an den Frontscheibenwischern.

Zoë umarmte mich plötzlich und zog meinen Kopf an ihren.

»Das ist nur Tarnung, komm nicht auf dumme Gedanken. Ich dachte, sie kuckt rüber.«

Von außen sah es wohl so aus, als würde ich Zoë küssen, tatsächlich konnten wir beide so die Frau besser sehen.

»Zoë, du spinnst. Was soll die hier wollen? Wenn du unbedingt willst, gehen wir rüber und durchsuchen sie und den Wagen.«

Autos, jedenfalls ab einer bestimmten Größe, waren schnell verdächtig, weil es für Jäger sonst kaum eine Möglichkeit gab, ihre Opfer wegzuschaffen. Zu allem, was gegen Autos sprach, kam das auch noch dazu, da half auch kein Elektroantrieb und kein autonomes Steuersystem

»Wir sind gerade an einer Musikschule vorbeigefahren. Vielleicht wartet sie auf ein Opfer, das da herauskommt. Wie der Junge da mit dem Gitarrenkoffer.«

Als der Junge an ihrem Auto vorbeiging, zog die Frau blitzschnell eine kleine Flasche aus der Jackentasche, aus der sie dem Jungen etwas ins Gesicht sprühte. Zoë und ich sprangen aus dem Wagen und rannten auf die beiden zu. Die Frau mit der Lederjacke unterdrückte die letzte Gegenwehr des Jungen, nachdem ihr der Gitarrenkoffer gegen den Kopf geschlagen worden war. Der Koffer polterte zu Boden, die Frau erkannte, dass ihr nicht genug Zeit blieb, ihr Opfer ins Auto zu packen, und dass ich dabei war, ihr den Weg zur Fahrertür abzuschneiden. Sie versuchte, zu Fuß zu flüchten. Zoë, die näher dran war, folgte ihr. Der Junge, der vielleicht vierzehn oder fünfzehn Jahre alt sein mochte, war nicht ganz ohnmächtig geworden. Ich versuchte, ihn aufzuheben und hinzusetzen.

Dann hörte ich einen Schuss aus Zoës Richtung. Ich beschloss, dass der Junge nicht so dringend Hilfe brauchte wie Zoë und rannte ihr nach. Schließlich holte ich sie ein, ein ganze Stück die Straße herauf.

Zoë war unverletzt, sie war es, die geschossen hatte und jetzt hinter einer Mülltonne in Deckung gegangen war.

»Pass auf, sie hat eine Waffe. Sie hat sich da in der Garageneinfahrt verschanzt.« Zoë zeigte auf ein Haus mit einer Garage im Keller, die Abfahrt war auf beiden Seiten von Mauern begrenzt.

»Ich habe sie wahrscheinlich am Bein erwischt.«

»Wenn wir sie von zwei Seiten nehmen, hat sie keine Chance.«

Ich zog meine Pistole und spähte an der Mülltonne vorbei, ob die Frau in Schussposition war. Dann rannte ich los, an der Garageneinfahrt vorbei. Zoë gab einen Schuss ab, wahrscheinlich, um die Frau davon abzuhalten, auf mich zu schießen. Ich ging in der nächsten abschüssigen Garageneinfahrt in Deckung.

Sie saß jetzt in der Falle, weil sie in Zoës Schussfeld geriet, wenn sie auf mich schießen wollte und umgekehrt. Zoë schob Stück für Stück ihre Mülltonne voran wie einen antiken Belagerungsturm. Als die mir ein Zeichen gab, bewegte ich mich vorsichtig durch das Vorgärtchen, dass zwischen beiden Garagen lag. Schließlich konnte ich die Frau von oben sehen. Sie lag halb in der Garageneinfahrt und hatte Zoës Mülltone im Blick, während sie versuchte, die blutende Wunde im Bein zu versorgen. Plötzlich blickte sie zu mir auf, vielleicht hatte sie einfach vor Schmerz den Kopf gehoben oder verdreht. Sie zögerte einen Moment, dann nahm sie ihren Revolver, steckte den Lauf in den Mund und drückte ab, bevor ich etwas sagen konnte. Danach konnte ich auch nichts sagen oder mich rühren. Die Kugel war am Hinterkopf ausgetreten. Die Frau mit der Lederjacke war seitlich zu liegen gekommen, der Kopf zeigte nach unten auf das Garagentor. Der winzige Revolver lag daneben.

»Was ist passiert?«, fragte Zoë.

»Sie hat sich erschossen.«

Zoë kam hinter ihrer Tonne hervor.

Wir bekamen Routine darin, getötete Jäger erkennungsdienstlich zu behandeln. Wir fanden den Erkennungschip im Nacken und suchten sie in der Datenbank: eine Kurierfahrerin aus Köln. In der Jackentasche fanden ein winziges Notizbuch, das augenscheinlich ihre Kunden und ihre Lieferungen auflistete, einschließlich der Preise. Wir hatten eine professionelle Jägerin erwischt.

»Grauenhaft«, sagte ich. »Aber die Kollegen von der Kripo wird es sehr interessieren.«

»Sehr schlau von ihr, nichts elektronisch festzuhalten. Aber bevor wir das abgeben, müssen wir nachsehen, dass keine

Kunden von der Polizei oder Justiz drinstehen, sonst werden wir womöglich die nächsten Festtagsbraten.«

»Meinst du das ernst?«

»Sicher ist sicher, es gibt manchmal so Gerüchte«, sagte sie und steckte das Buch ein. Ich schoss noch Fotos zur Dokumentation. Selbstmorde waren heutzutage sehr ungewöhnlich. Den Revolver packten wir ein, außerdem die Sprühflasche mit dem Betäubungsmittel, ihre Brieftasche, ihr Smartphone und so weiter.

Der Junge mit dem Gitarrenkoffer saß noch da, wo ich ihn zurückgelassen hatte, er war blass, aber ansprechbar. Auch das Instrument hatte den Sturz im Koffer unbeschadet überstanden.

Im Auto der Jägerin lag gut sichtbar ein veganes Kochbuch auf dem Beifahrersitz. Das sollte wohl den Wagen wohl unauffällig erscheinen lassen. Der hintere Teil hatte stark getönte Fenster und jede Menge Stauraum. Wir holten aus meinem Wagen einen Leichensack, packten die Jägerin ein, und Zoë brachte sie in ihrem eigenen Wagen zur Knochenmühle. Ich fuhr mit meinen Wagen hinterher, nachdem ich den Jungen zu Hause abgeliefert hatte.

Die Wolken waren dichter geworden, und als ich bei der Knochenmühle ankam, fielen die ersten Tropfen. Zoë hatte auf mich gewartet, aus Erfahrung vermieden wir, dass einer allein das unübersichtliche Gelände und besonders das Gebäude betrat.

Die Leiche wurde fein gemahlen, und die Mühle mit Knochenmehl nachgespült. Es gab erstaunlich wenige nicht-organische Überbleibsel, außer den Reißverschlüssen von der Kleidung nur den Erkennungschip, den wir abzugeben hatten – keine Zahnfüllungen, kein Schmuck.

Ich diktierte den Bericht, während Zoë die Kundenadressen und Lieferungen aus dem Notizbuch überprüfte. Zum Glück war niemand dabei, der uns gefährlich werden konnte. Kein

Opfer war notiert, dass Emma-Luise hätte sein können. Zwei junge Frauen waren verzeichnet, sie lagen im Datum zu weit zurück, um Emma-Luise sein zu können, weil auf ihrem Smartphone neuere Bilder und Daten waren. Das Notizbuch konnte also zur Kriminalpolizei, zusammen mit den übrigen Beweisstücken. Ich fuhr allein los, Zoë nahm den erbeuteten Wagen, den wir auf der Hauptwache abgaben.

Wieder war ein Tag vorbei, ohne dass wir sie gefunden hatten. Und ich musste noch weiterlesen.

Entwicklung nach Hadleigh

»Weakness is death and death is the end.« Liber Potentiæ Altioræ, S. 122. (Schwäche bedeutet den Tod, und der Tod ist das Ende. Übers. v. d. Autorin)

Hadleighs Anhänger trafen sich nach seinem Tod weiterhin in unregelmäßiger Folge und hielten auch Rituale ab, wohl in vereinfachter oder verkürzter Form. Als Anführer setzte sich zunächst Robert Furlough durch, der jedoch nicht über den Status eines Nachlassverwalters hinauskam (was nebenbei bedeuten würde, dass er den Grundsätzen des Order of the Higher Power nicht genügte). Furlough sicherte die verbliebenen Exemplare des Book of Hadleigh sowie weitere Aufzeichnungen, Kultgegenstände wie Kelche, Dolche, etc. Andernfalls wäre der Orden wahrscheinlich komplett verschwunden. Innerhalb zweier Jahre nach Hadleighs Ableben zerstreuten sich die letzten Anhänger. Furlough verstarb im April 1939 an einer verschleppten Lungenentzündung.

Phillipa Wyvern trat einige Jahre später einem Wicca-Coven bei. Als Anhängerin des Neuheidentums und Hexe, wie sie sich selbst bezeichnete, schrieb sie, neben ihrer Malerei, einige Bücher. In einigen von ihr veröffentlichten biografischen Skizzen finden sich negative Erinnerungen an den Ordo Hermeticus Potentiæ Altioræ nieder. (Wyv54)

Anfang der fünfziger Jahre tauchte in Shrewsbury ein Mann namens Raoul Gurgarev auf, nach einigen Quellen Rauf Grigorich (Anmerkung: Die Namen wirken ausgedacht, Vor- und Nachnamen aus verschiedenen Sprachen), der in engeren Kontakt mit einem überlebenden Anhänger des Ordens kam,

David Treacle, und schließlich in den Besitz von Furloughs eingelagerten Schriftstücken und Kultobjekten kam. Nach deren Studium initiierte er sich selbst und belebte den Orden mit neuen Mitgliedern wieder. Treacle, der an der Neugründung nicht beteiligt war, starb kurz darauf bei einem Verkehrsunfall. (Cur92)

Raoul Gurgarev (wir benutzen die englische Transkription des Namens, da wir uns auf hier nur englischsprachige Quellen stützen) war angeblich ein Spanier (beziehungsweise Rauf Grigorich, aus dem Kaukasus stammend), der während des zweiten Weltkriegs vom Geheimdienst der Royal Navy angeworben wurde und nach Kriegsende nicht in seine Heimat zurückkehren konnte. Angeblich unterlag all dies der Geheimhaltung. Beide Varianten der Geschichte stammen von Gurgarev selbst und wurden von Anhängern der wiedergegründeten Sekte aufgezeichnet.

Gurgarev vergrößerte den Orden nach und nach und führte ihn mit harter Hand. Es berief sich auf Hadleighs Schriften und die metaphysische Größe, die dahinter stehen sollte, und die er schließlich als Satan selbst bezeichnete. Dabei war er durchaus nicht unumstritten als Oberhaupt der Sekte.

Gurgarev legte Hadleigh Schriften wörtlich und drastisch aus. So forderte er ausdrücklich zum Töten und Verzehren von Menschen auf, ermahnte gleichzeitig zur Vorsicht, nicht wegen Verletzung irdischer Gesetze verurteilt zu werden und sich den Ungläubigen auszuliefern. Er strebte nichts geringeres als eine Art Gottesstaat an, das heißt, die religiösen Regeln des Ordens sollten die Gesetze des Staates regeln, der Orden sollte zur herrschenden Klasse werden, selbstverständlich ohne den Grundsatz der Gewaltenteilung. Zur Erreichung dieser Ziele sollte auch der klandestine Kannibalismus Kraft bereitstellen. Wie oft er wirklich praktiziert wurde, lässt sich kaum nachvollziehen. Als relativ gesichert gelten Ermordung und Verzehr eines Obdachlosen sowie eines abtrünnigen Ordensmitgliedes, welches laut Polizeiakten als spurlos verschwunden galt (Es ist nicht auszuschließen, dass sich die betreffende Person im Ausland in Sicherheit bringen konnte, da sie diese Absicht gegenüber Dritten geäußert hatte.) Darüber hinaus existieren berichte Berichte von Gurgarev selbst sowie eines seiner Anhänger, die allerdings übertrieben wirken und vermutlich nur zu Propagandazwecken verfasst wurden. Zumindest in einem Fall ist erwiesen, dass das vermeintliche Opfer viel später noch lebte und unversehrt war.

Mit der Zeit wuchs eine unzufriedene Fraktion des Ordens an. Die Berichte des Initiierten, von dem nur das Pseudonym »Belphegor« überliefert ist, geben hierüber Auskunft, er bezeichnet den Sektenführer als eine »spirituelle Größe unter dem Nullpunkt« und attestieren ihm darüberhinaus eine »beschränkte Intelligenz, die durch Sturheit und Machwillen kompensiert wird, vor allem dabei, die Anhänger unter Druck zu setzen.« Ferner existiert das Tagebuch eines Anhängers, der sich »Baphomet« nennt. Baphomet beklagt unter anderem sich, dass Gurgarev das Ritual der Blut- und Feuertaufe zunehmend brachial praktiziere und einige seiner Anhänger dauerhafte Brandnarben auf dem linken Handrücken davongetragen hätten. Ferner versuchte er, das Einschneiden der Zungenspitze in den Initiationsritus einzuführen, allerdings mit mäßigen Erfolg, da er selbst nicht zischte oder lispelte, vielmehr knarrte seine Stimme.

Waren die Schwarzen Messen unter Hadleigh noch rauschhaft und orgiastisch gewesen, führte Gurgarev eine geradezu puritanische Strenge mit sado-masochistischen Zügen ein – wobei er selbst sich auf die sadistischen Züge beschränkte. Dabei untersagte er den Gebrauch von Alkohol und Drogen, die bei Hadleigh eine große Rolle gespielt hatten. Die Ordensmitglieder sollten sich vor dem Kampf mit den Ungläubigen nicht schwächen. Eigenartigerweise soll er aber Barbiturate und ähnliches benutzt haben, um Anhänger gefügig zu machen. Insbesondere seine Frau Dolores soll Symptome schweren Substanz-Abusus gezeigt haben – starre Mimik, leiernde Stimme, zeitlupenartige Bewegungen, stark eingeschränkte Affekte –, was ihrer Bösartigkeit aber keinen Abbruch tat. Baphomet bezeichnet sie als mit Tabletten ruhig gestellte Psychopathin. Inwieweit sie ein treibender Faktor hinter ihrem Gatten war oder sein erstes Opfer, eine Ideengeberin oder ein Klotz am Bein, kann nicht mehr geklärt werden.

Gurgarev führte als Symbol des Ordens einen stilisierten Dreizack ein, dessen Spitzen zunächst nach oben zeigten. Der Dreizack war neben dem Pentagramm vereinzelt schon von Hadleigh und seinen Jüngern verwendet worden. Dieses Symbol wurde jedoch von einigen Anhängern (und Nichtanhängern, die es zufällig sahen) als griechisches Ψ (Psi) gedeutet. Mit den mit Psi assoziierten Begriffen wie Parapsychologie oder dem theologischen Symbol für Psalmen wollte Gurgarev jedoch nichts zu tun haben, sodass er den Dreizack waagerecht anordnete und von links nach rechts zeigen ließ. (Fußnote: Laut den Aufzeichnungen des »Belphegor« tauchten auch von rechts nach links zeigende Symbole auf. Zwei Jünger sollen im Scherz nach unten zeigende Dreizacke gezeichnet und diese als »Hühnerfüße« bezeichnet haben. Nachdem dieses Gurgarev zugetragen worden war, mussten sie schwere Buße tun.)

Die spirituell entleerten Rituale beklagt Baphomet, ebenso wie den Umstand, hinterrücks betäubt worden zu sein, wofür er Gurgarev verantwortlich macht. Baphomet besaß medizinische oder pharmazeutische Kenntnisse (vielleicht war er Arzt oder Apotheker von Beruf, wogegen allerdings seine defizitäre Bildung spricht, die sich in seinen schriftlichen Aufzeichnungen widerspiegelt), gleichzeitig aber eine schwärmisch-spirituelle Veranlagung, sodass sein Tagebuch viel weniger aussagekräftig ist als die Aufzeichnungen Belphegors, diese aber weitgehend bestätigen.

Belphegor beschreibt Gurgarev als nicht groß, aber kräftig und schnell, und er neigte offenbar dazu, bei Auseinandersetzungen aufbrausend und auch handgreiflich zu werden. Offenbar war er ein durchtrainierter Sportler, möglicherweise Boxer oder Ringer, und vielleicht dem Alkohol abgeneigt, um in Form zu bleiben. Vielleicht vertrug er auch einfach nichts. Jedenfalls verfluchte er den Alkohol (s. oben) (ihn als unrein zu bezeichnen, wäre im Hadleigh'schen Wertekanon eher nichtssagend gewesen).

Belphegor, Baphomet und andere waren vorher schon Mitglieder satanistischer, spiritistischer oder anderer esoterischer Zirkel gewesen und waren in Gurgarevs Orden gewechselt, nachdem sie das Liber Potentiæ Altioræ studiert hatten, offenbar verteilte Gurgarv Kopien an geeignet scheinende Menschen, um seine Sekte zu vergrößern. In der Ordenspraxis vermissten dann viele Rausch und Rituale. Zu den spirituell enttäuschten schlugen sich rachsüchtige Opfer von Gurgarevs Machtspielen. Gurgarev wurde in eine Falle gelockt und getötet. Belphegors Berichte werden hier sehr drastisch: Ein Teil der Rebellen wollte sich durch Verzehr von Arm- und Beinmuskeln Gurgravs Stärke einverleiben, das zähe Fleisch musste aber erst wochenlang mariniert werden. Das Gehirn wurde, um seine mangelnden Geistesgaben loszuwerden, an Schweine verfüttert, ebenso seine Gattin.

Laut einem Polizeibericht stürzte Gurgarev zu Tode beim Versuch, den Glockenturm einer Kirche zu erklettern. Der Leichnam wurde beim Fall aus großer Höhe übel zugerichtet. Daher hat ihn kaum jemand zu sehen bekommen außer Polizisten und dem Leichenbeschauer. Da der Fall auch nach Möglichkeit aus der Öffentlichkeit herausgehalten wurde, entstanden Gerüchte, der Abgestürzte sei ein anderer, der geopfert wurde, um die wahren Umstände von Gurgarevs Tod (s. oben) zu verschleiern. Im Jahr 1955, als sich dieses Unglück ereignete, war die Gerichtsmedizin noch nicht in der Lage, die Identität zweifelsfrei zu klären.

Später zerfiel der Orden in Fraktionen, denen der Zusammenhalt fehlte. Infolge andauernder Streitereien zerstreuten sich die Ordensmitglieder nach und nach. Guragrevs einziger Verdienst scheint in seinem Herrschaftswillen zu gelegen zu haben.

Auch wenn sich später keine Aktivitäten des Ordens mehr nachweisen lassen, zirkulierten noch Erzählungen und Be-richte, ferner das Liber Potentiæ Altioræ sowie dessen Auslegungen. Zwei Fälle von Ritualmord und Kannibalismus, die sich in Großbritannien während der 80-er Jahre ereigneten, sollen sich laut Curfew et al. (Cur92) auf satanischen Überlieferungen gründen, die inhaltlich mit den Ordo Hermeticus Potentiæ Altioræ übereinstimmen.

Motive aus den Überlieferungen des Ordens lassen sich ferner in billigen Independent-Videoproduktionen wiederfinden, die im Zuge eines Horrorfilm-Booms entstanden, der in Großbritannien mit der Verfügbarkeit preisgünstiger Video-Heimgeräte beobachtet wurde. Die Filme »Mask of Satan« sowie »Feast of Satan« als Fortsetzung beinhalteten Handlungsteile, die aus dem Book of Hadleigh oder Aufzeichnungen von Belphegor oder Baphomet übernommen sein könnten. Vor allem wurde die Filme beworben mit der Behauptung, auf wahre Begebenheiten um einen verschwundenen Geheimorden zu basieren, ohne das die Namen Hermetic Order of the Higher Power, Enoch Hadleigh oder Raoul Gurgarev genannt wurden.

1992 erschien im Journal of Comparative Religious Studies die Arbeit vor Curfew et at. über okkulte Sekten in Großbritannien, die die erste Beschreibung von des Orden in der Literatur darstellt (Cur92). Der Inhalt dieser Arbeit scheint sich über grobe Gedächtnisprotokolle und Nacherzählungen unter einem sensationslüsternen Publikum verbreitet zu haben.

Im Jahre 1998 wurde in Deutschland ein satanistischer Zirkel gegründet, in dessen Geheimlehren ausdrücklich zu Kannibalismus aufgerufen wird. Die Gründer beriefen sich auf diffuse Quellen, jedoch wieder nicht namentlich auf den Hermetic Order of the Higher Power. Nach außen hin soll ein Antrag auf Anerkennung als Religionsgemeinschaft in Vorbereitung gewesen sein, wobei die gewalttätigen und extremistischen Bestandteile der Glaubenslehre systematisch verborgen bleiben sollten. Welche Vorteile davon erhofft wurden, ist nicht ganz klar, es soll von Religionsunterricht, Erhebung von »Kirchensteuer« und der Anerkennung der Zungenspitzenspaltung analog der Beschneidung als religiöses Aufnahmeritual die Rede gewesen sein. Ferner wurden Kontakte zu anderen satanistischen Gruppen in ganz Europa gesucht. Dieser Zirkel, der in zweieinhalb Jahren viermal den Namen wechselte, löste sich auf, nachdem die Führungsriege bei einem Verkehrsunfall getötet bzw. schwer verletzt wurde. Sie waren in einem PKW vor einer Polizeikontrolle geflohen, im Wagen wurden Drogen und verschiedene Waffen wie Dolche und ein Schwert gefunden. In den später sichergestellten Unterlagen wurde eine Kopie des Curfew-Artikels gefunden. In einem Bericht der Enquete-Kommission des Bundestages zu Okkultismus und Gewalt in Deutschland fand dieser Vorfall eine kurze Erwähnung {XXX01}. Wahrscheinlich diente diese Gruppe als ein Multiplikator vulgärkannibalistischer Tendenzen.

Bereits im Jahr 1975 war ein Musikalbum mit Bezügen zum Hermetic Order of the Higher Power erschienen, das einzige, das die weitgehend unbekannt gebliebenen, britischen Hardrock-Gruppe (Fußnote: Hardrock ist eine Spielart der Rockmusik, lauter, schneller, verzerrter als die gängige zeitgenössische Populärmusik in den 60-er und 70-er Jahren mit Ausnahme des sog. Heavy Metal, neben dem oft rauhen Gesang meist mit zwei Elektrogitarren, Schlagzeug, Bassgitarre, evtl. elektrischer Orgel instrumentiert.) Witchmaker, das Album hieß ebenfalls Witchmaker (als analoge Vinyl-Schallplatte veröffentlicht). Die Gesangstexte sind nicht auf der Schallplattenhülle abgedruckt und nicht gerade leicht zu verstehen. Es ist jedoch erkennbar, dass okkulte, düstere Themen abgehandelt werden, blutige Rituale werden beschrieben, die an die des Hermetic Order of the Higher Power erinnern, Satan und diverse Dämonen angerufen. Eine Zeile klingt wie »Hadleigh calling for your bloodless flesh«, der Begriff »higher power« taucht mehrfach auf. Verschiedene Hörer wollen beim Rückwärts-Abspielen der Aufnahmen weitere Aufforderungen zur Anthropophagie wahrgenommen haben, dies ist auf Grund der schlechten akustischen Qualität kaum nachzuvollziehen.

Bei Live-Konzerten wurden Elemente Schwarzer Messen eingebaut – Kerzen, umgedrehte Kreuze und Pentagramme als Bühnenhintergrund – und Satan und diverse Dämonen beschworen. Gerüchten zufolge wurde einmal eine Eingeweideschau an einem Opfertier durchgeführt, woraufhin die Gruppe keine Auftritte mehr bekam. In einem späteren Interview behauptete der Sänger, die Opferung sei nur an einer betäubten schwarzen Katze mit Kunstblut simuliert worden. – Nicht abzustreiten ist, dass Witchmaker nur Nachahmer darin waren, Hardrock mit okkulten, satanischen Motiven zu vermischen, sie versuchten, ihre Vorläufer an Drastik und Provokation zu übertreffen, und gaben dabei letztlich eine unglückliche Figur ab.

Im Zuge eines Hardrock-Revivals in den 00-er und 10-er Jahren als sog. Doom Metal wurde das Witchmaker-Album in gewissen Kreisen wiederentdeckt und in elektronischen Kopien verbreitet. In einer Kritik des Albums in einem Online-Forum werden die limitierten musikalische Fähigkeiten der Musikgruppe genannt, die für die Erfolglosigkeit verantwortlich gemacht werden, die Musik selbst besitze einen »sinistren Charme« (Enz11). Wenngleich es sich bei den meisten Witchmaker-Hörern um harmlose Musikfans gehandelt haben wird, wurde ein Kopie des Musik-Albums auf dem Smartphone des Beschuldigten in einen frühen, vor Gericht verhandelten Fall von wiederholtem Kannibalismus entdeckt. {}

Das Erbe des Ordens war also nie verschwunden, sondern verbreitete sich gerade ab dem zweiten Jahrzehnt des nächsten Jahrhunderts, als schließlich wieder Fälle von Kannibalismus auftraten und schließlich katastrophale Ausmaße annahmen und der Zivilisationsbruch fast zum Normalfall wurde.

Um den Zusammenhang zwischen dem Hermetic Order of the Higher Power und dem grassierenden Vulgärkannibalismus zu belegen, werden wir im Kapitel ?? Fallbeschreibungen aus der Anfangszeit dieser Welle mit den Liber Potentiæ Altioræ und den übrigen Aufzeichnungen vergleichen.

5

Zoë hatte mir schon angekündigt, dass sie die Psychologie-vorlesung schwänzen würde. Sie konnte sich das erlauben, ich leider nicht, da ich sonst Gefahr lief, in der nächsten Klausur schlecht abzuschneiden. Zoë hatte natürlich alles schon verinnerlicht, was es über Täterpsychologie zu lesen gab. Während ich versuche, der Vorlesung zu folgen, kam mir immer wieder die Doktorarbeit von gestern Abend in den Sinn. Aber religiöse Verblendung war sicher nicht prü-fungsrelevant, Wahnvorstellungen vielleicht schon. Zoë hol-te mich später in der Mensa ab. Sie hatte Emma-Luises Adresse überprüft, ein Altbau in einem besseren Teil von Wuppertal-Barmen.

»Gut, dann können wir gleich los«, meinte ich.

»War irgendwas Spannendes in der Psycho-Vorlesung?«

»Schuldkomplexe, Verdrängung und Rechtfertigungsillusio-nen. ›Die Schimäre der sogenannten kriminellen Energie‹ war das Thema.«

»Kalter Kaffee. Der Prof ließe sich eins zu eins durch eins sprechendes Lehrbuch ersetzen. Nach ›Schimäre‹ ist ›soge-nannt‹ überflüssig, das müsste Punktabzug geben.«

»Wenn du damit andeuten willst, dass uns das bei gewalttä-tigen Sekten und deren wie auch immer gearteten Energien nicht weiterhilft, gebe ich dir recht. Ich hätte gestern mehr Energie gebraucht, kriminell oder wie auch immer, um den Horrorroman zu Ende zu lesen. Kann man damit promovie-ren, wenn man versucht, so etwas wissenschaftlich aufzu-dröseln?«

»Tja, mit der Arbeit muss sich Emma-Luise noch viel Mühe geben, denke ich.« Zoë zog die Stirn kraus.

»Ich komme einfach nicht darüber weg: Wenn dieser Spin-ner Gurgarev nicht dieses okkulte Buch gefunden und den Orden wieder aufgemacht hätte, gäbe es heutzutage keine

Menschenfresserei oder meinetwegen Anthropophagie, keine gemeingefährlichen Jäger, die wir jagen müssten, wir hätten ein leichteres Leben und die Menschheit mehr Gelegenheit, ein paar wirkliche Probleme zu lösen.«

»Ich weiß nicht«, meinte Zoë nach ein paar Sekunden Pause. »Vielleicht hast du recht. Vielleicht wäre auch irgendetwas anderes über uns gekommen wie eine Plage oder eine Naturkatastrophe. Manchmal stecken ein einzelner Mensch und sein krankes Hirn hinter einem allgemeinen Unglück. Vielleicht sind diese Psychopathen austauschbar, vielleicht gibt es mehr davon, als zum Zug kommen können, und wenn einer ausfällt, laufen die Schafe den nächsten Rattenfänger nach. Es gibt das Potenzial zum Unglück und den Auslöser. Wie bei Naturkatastrophen.«

»Jetzt wirst du wieder philosophisch. Rechtsphilosophie kannst du übrigens im vorletzten Semester als Wahlfach nehmen. Aber da weißt du ja längst.«

»Jaja. Das Außergewöhnliche hier ist, dass niemand einen Hadleigh oder Gurgarev kennt. Sonst verbindet man ja einen Namen und vielleicht ein Gesicht mit dem historischen Unglück.«

»Und dass so viel Zeit vergangen ist, bis die böse Saat aufgegangen ist. Hey, du hast recht, es kommt nicht nur auf den Auslöser an, sondern auch auf das Unglückspotential.«

Wir fanden einen Parkplatz in der Nähe von Emma-Luises Adresse. Das Haus war ein frisch und aufwändig sanierter Altbau. Die Haustür war äußerst solide, und selbst die Gegensprechanlage war vergittert. Es gab allerdings keine Namensschilder. Für die Zugangskontrolle war ein Zahlenfeld mit dem Hinweis im Display:

Besucher: Bitte geben Sie die Nummer der Wohnung ein, drücken das Klingelsymbol und blicken mit nicht ver-

**deckten Augen in die Kamera. Paketdienste und Liefe-
rungen: Bitte außerdem den QR-Code der Sendung in
die Kamera halten.**

»Haben wir die Nummer der Wohnung?«

»Nein. – Warte, doch, ich hatte mich schon über die zweite
Hausnummer gewundert. 12.«

Zoë tippte eine 12 ein und lächelte in die Kamera. Das Display schaltete um auf **Bitte warten**, dann auf **Zugang ver-
weiger**t.

»Mist!«

»Sollen wir es mit den Polizeiausweisen versuchen?«

»Versuchen können wir es, aber wir haben keine Durchsu-
chungsbefehl. Wenn die Anlage uns nicht aufmacht, oder
wer auch immer in der Wohnung ist und uns nicht sehen
will, kommen wir nicht rein.«

»Ich glaube, da ist jemand«, sagte ich leise.

»In der Wohnung?«

»Hinter der Ecke telefoniert jemand, ganz leise.«

»Dann kuck doch nach.«

Warum eigentlich nicht, wenn ich schon einmal Zoë zuvor-
kommen konnte. Ich drehte mich schnell um, rannte zur
Hausecke und herum, wo tatsächlich eine junge Frau mit
einem Smartphone versuchte wegzulaufen. Ich griff nach
ihrer Hand, die versuchte, etwas aus einer Umhängetasche
zu ziehen, ich hatte keine Lust, eine Ladung Reizgas oder
ähnliches abzubekommen.

»Das ist sie«, sagte Zoë

Tatsächlich war das die junge Frau auf den Fotos, die wir
auf Emma-Luises Smartphone gefunden hatten.

»Keine Angst, Frau Haustermann«, sagte Zoë, »wir wollen
Ihnen nur Ihr verlorenes Smartphone zurück bringen.«

»Sehr beruhigend, Sie lebendig anzutreffen«, sagte ich.

»Ach, und deshalb überfallen Sie mich?«

»Nur, weil Sie sich hinter der Ecke versteckt haben.«

»Ja, wenn sich Unbekannte an meiner Haustür zu schaffen machen. – Wenn Sie mein Smartphone haben, warum geben Sie nicht im Fundbüro ab?«

»Wir sind sozusagen das Fundbüro«, lächelte Zoë und hielt Emma-Luise ihren Dienstausweis hin. »Als Spezialservice bringen wir manchmal Fundsachen nach Hause.«

Emma-Luise nahm das Smartphone, mit dem sie telefoniert hatte und das sie immer noch in der linken Hand hielt, und scannte den Ausweis, ohne eine Miene zu verziehen. »Ok, der scheint echt zu sein. Hm, Anwärter für den gehobenen Dienst.«

Das war beeindruckend, die App zum Scannen von Dienstausweisen mit Zugang zum Beamtenregister hatte nicht jeder. Ich reichte ihr meinen Ausweis, konnte aber auch nicht genau erkennen, was sie da tat.

»Sie haben sich offenbar schon Ersatz beschafft, aber ich denke, Ihre Daten hätten Sie gern zurück.« Zoë zog Emmas altes Phone aus ihrer Tasche.

»Das sieht wirklich aus wie mein altes.«

»Wie war doch gleich Ihr Name?«, fragte Zoë und steckte das Gerät wieder ein.

»Emma-Luise Haustermann«, antwortete sie genervt.

»Alter, Beruf?«

»Achtundzwanzig, Studentin, wissenschaftliche Mitarbeiterin an der Uni Elberfeld, Fachbereich vergleichende Religionswissenschaften.«

»Öffnen Sie das, bitte.« Zoë gab ihr das Smartphone. Emma-Luise wischte über das Display, die Kamera verifizierte ihre biometrischen Daten, Iris-Scan und Fingerabdruck.

»Darf ich das jetzt behalten?«

»Klar. Da ist ja Ihre Doktorarbeit drauf.«

»Ihr seid auch Studenten, richtig? Sagt jedenfalls der Dienstausweis. Wir können auch du sagen und oben bei einer Tasse Tee weiter reden.«

»Wow, jetzt dürfen wir doch rein. Gern!«

»Naja, nehmt es nicht persönlich. Ich habe zwei Unbekannte an der Haustür gesehen und meine Mitbewohnerin angerufen. Die hat gesagt, dass ihr bei uns klingelt, und ich habe ihr gesagt, sie soll niemanden reinlassen. Schließlich war mein Smartphone seid fast zwei Wochen weg, und ich wußte nicht, ob jemand meine Adresse rausbekommen hat.«

Sie öffnete die Tür mit einem Zahlencode und einem Iris-Scan.

»Es könnte ja jemand auf den Gedanken gekommen sein, mich zum Abendessen zu entführen oder auch nur die Wohnung auszurauben.«

»Stimmt.«

Ihre Wohnung lag im obersten Stockwerk und war ebenfalls schwer gesichert. Als wir eintraten, blickte eine zweite Frau hinter einer Zimmertür hervor in den Korridor. Sie trug eine runde Brille und kurzes Haar.

»Alles OK, ich hab zwei Gäste.«

»OK. Sonst alles gut?«

»Ja. Stell dir vor, sie haben mein Smartphone gefun-den.«

»OK. Cool.« Sie verschwand ihrem Zimmer. Drei Sekunden später kam sie wieder heraus.

»Woher wussten sie, dass es deins ist?«, fragte sie panisch.

»Wir haben es gehackt«, sagte ich. »Spezialsoftware aus dem Landeskriminalamt.«

»Beruhig dich«, meinte Emma-Luise. »Ich habe sie überprüft, sie sind ungefährlich.«

»Woher hast du überhaupt die App?« fragte ich.

»Mein Vater hat mir eins von seinen Smartphones geliehen. Er ist was Höheres bei der Oberfinanzdirektion.«

»Na, herzlichen Glückwunsch! Die App ist offiziell nur für den Dienstgebrauch.«

»Dann kannst du ihm das Phone ja zurückgeben«, sagte die Frau mit der Brille und zog sich wieder in ihr Zimmer zurück.

Emma-Luise öffnete die Tür zur Küche.

»Wenn ich ihn mal wieder treffe«, meinte sie, während sie einen Wasserkocher füllte und einschaltete. »Meine Eltern leben getrennt, ich sehe sie nicht so oft und wenn, dann einzeln.«

»Deine Mutter hat uns nicht aufgemacht. Wir waren zuerst bei ihr in Bochum.«

Die Küche sah schlicht, aber modern und teuer aus, was Möbel, Küchengeräte und auch das Geschirr betraf, zumindest die Teekanne und Tassen, die jetzt hervorgeholt wurden.

»Das sieht ihr ähnlich. Seit mein Vater ausgezogen ist, ist sie ziemlich paranoid geworden. In der Gegend sind ein paar Leute, die wir kannten, auf Nimmerwiedersehen verschwunden.« Emma-Luise verzog das Gesicht. »Außerdem gab es Gerüchte, einer ihrer Cousins habe, nun ja, Menschenfleisch gegessen. Ich habe den Onkel zuletzt als Kleinkind gesehen und mochte ihn nicht, aber meine Mutter ist seit der Geschichte chronisch verstört.«

»Und dein Vater?«

»Lebt sein eigenes Leben und arbeitet zu viel. Ersteres würde er wohl auch über mich sagen.«

Sie legte ihr altes Smartphone auf den gläsernen Küchentisch.

»Woher habt ihr das? Das ist mir neulich gestohlen worden mitsamt meiner Jacke, es steckte in der Tasche.«

»Das haben wir sichergestellt. Zwei Jäger hatten das in ihrem Gepäck. Einen Damenjacke haben wir nicht gefunden.«

»Eine rote Sportjacke, nein? Schade. Dürft ihr solche Beweisstücke überhaupt einfach so herausgegeben?«

»Wir haben nicht zu Protokoll gegeben, dass wir es gefunden haben. Und die Jäger werden sich nicht daran erinnern. Du brauchst uns das Phone also nicht quittieren.«

»Die Jacke hat eine Frau geklaut, auf dem Campus, lange dunkle Haare. Leider konnte sie schneller laufen als ich.«

»Dann ist sie möglicherweise kurz danach verspeist worden.«

»Von euren Jägern?«

»Die wiederum von Kevin in Notwehr erschossen worden sind und keine Aussagen mehr machen können.«

Emma-Luise zitterte ein bisschen beim Teeaufgießen.

»Ist das normal für Nachwuchspolizisten?«, fragte sie. »Ich meine, in lebensgefährliche Einsätze zu gehen und Menschen in Notwehr zu erschießen? Es war doch Notwehr, oder?«

»Mehr oder weniger normal«, sagte Zoë. »Neben der Ausbildung müssen wir noch Streife fahren oder kriegen bestimmte Einsätze zugewiesen. Das ist der Personalnotstand. Da passiert halt einiges. Und ja, es war Notwehr, sie lagen mit Waffen im Hinterhalt.«

Ich versuchte, das Thema zu wechseln: »Wir dachten, du solltest deine Doktorarbeit zurückbekommen.«

»Das ist nett, aber das ist nur eine alte Kopie. Ich habe natürlich die aktuelle Version auf meinem Laptop, von den Sicherheits-Backups nicht zu reden. Hey, aber trotzdem ganz lieben Dank, ich bin natürlich echt froh, dass Phone wiederzuhaben.«

»Ja, sowas haben wir uns schon gedacht«, meinte Zoë. »Aber wir wollten wissen, ob du noch lebst. Ich meine, es wäre ja eine ganz bittere Ironie, wenn du über die Entstehung des Vulgärkannibalismus – was für ein Wort! –, also darüber schreibst und dann von zwei Kanalarbeitern aufgefressen wirst.«

»Was für Kanalarbeiter?«

»Die Jäger, die dein Smartphone hatten. Wir kriegen immer raus, was einer war oder wo einer ist!« Zoë konnte es manchmal übertreiben, daher ergänzte ich: »Nur lebend haben wir noch keinen Jäger geschnappt. Das ist Zoës Traum, einen lebendig zu fangen und dann zu verhören.«

»Ihr habt noch keinen verhaftet? Heißt das, ihr erschießt alle?«

Sie musste uns für schießwütige Killer halten, und ich versuchte, einen besseren Eindruck zu machen. »Tja, das ist ganz eigenartig. Mal ist es Notwehr, mal ein Fehlalarm, gestern ein Suizid, um der Verhaftung zu entgehen.«

Emma-Luise blinzelte verstört.

»Jedenfalls haben wir deine Arbeit gelesen«, sagte ich verlegen. »Sorry, aber wir wussten nicht, ob du noch lebst. Ja, das war natürlich indiskret. Aber wir fanden das wahnsinnig interessant. Ähm, wenn man täglich in dem Thema drin ist, war das so überraschend zu erfahren, woher der ganze Wahnsinn eigentlich kommt.«

»Wie bist du eigentlich zu dem Thema gekommen?«, fragte Zoë dazwischen.

»Das hat mir Frau Scherkenbach zugeteilt.«

»Deine Professorin?«

»Ja. Ich hatte früher schon eine Arbeit über Okkultismus geschrieben und eine über Speisevorschriften als trennendes Merkmal religiöser Kulte, deswegen meinte sie, ich wäre die richtige für das Thema. – Und ihr habt die Skizzen gelesen?«

»Die Arbeit ist spannend zu lesen, aber für eine Dissertation ziemlich unstrukturiert.« Zoë konnte ziemlich rücksichtslos sein.

»Naja, das ist wie gesagt eine Skizze und Ideensammlung, war noch lange nicht fertig. Außerdem ist auf dem Smartphone der Stand von vor vier Wochen oder so.«

»Die muss unbedingt fertig werden«, sagte ich. »Das ist doch total wichtig. Ich fand es unglaublich spannend.«

»Spannend, spannend…«, sagte sie etwas ungehalten. »Ich habe gerade eine Haufen Stoff für diese Dissertation durchgearbeitet, der mir langsam, aber sicher auf die Nerven geht. Ständig finde ich irgend etwas, was zum Thema gehören könnte.«

Emma-Luise nahm ihr Smartphone, also das ihres Vaters, tippte darauf herum, und dann kamen verstörende Geräusche aus einem Bluetooth-Lautsprecher, der auf der schmalen Arbeitsplatte neben der Spüle stand: Ein irrsinnig schnelles, aber auch stupides Getrommel, ein rhythmisches Sägen und Summen, dann eine kreischende, keifende, knurrende Stimme, von der wir kein Wort verstanden. Es sollte offensichtlich Musik sein, oder vielleicht ein absichtliches Zerrbild von Musik.

»Was zum Kuckuck ist das?«, fragte ich.

»Black Metal«, antwortete Zoë.

»Genau«, sagte Emma-Luise. »Kennst du dich damit aus?«

»Nein, eigentlich nicht«, antwortete Zoë. »Hat was, ist mir aber zu primitiv und zu offensichtlich auf Schockwirkung aus.«

»Sowas wie die Kapelle, die Emma-Luise in ihre Arbeit erwähnt?«

»Nein, wenn du Witchmaker meinst. Die spielten Doom Metal, das ist ganz was anderes.«

»Mach das trotzdem aus, bitte.«

Emma-Luise wischte die Musik weg.

»Jedenfalls, die Black Metal-Szene, vor allem in der Anfangszeit in Norwegen, hatte viel mit Satanismus zu tun, teilweise mit Neuheidentum und Okkultismus, manchmal sogar mit Rassismus und Nazi-Ideologie. Da wurden Brandanschläge auf Kirchen verübt, Satan verehrt und so weiter. Zuerst habe ich gedacht, da ginge es nur um den Schockeffekt und um Auflehnung gegen das Normale und Vernünftige, aber einige Leute haben das wohl ernst genommen.«

»Und da hast du was für deine Doktorarbeit gefunden?«

»Ich recherchiert, ein paar Bücher und Fachartikel gelesen und auch stundenlang Black Metal gehört und Songtexte gelesen. Nichts greifbares. Satanistische Symbolik zuhauf, vielleicht ein paar makabere Andeutungen auf das Zerstückeln von Leichen und im Blut baden, aber wie gesagt, es ist da schwer, die Showeffekte von dem zu trennen, was tatsächlich ernst genommen wurde. Nichts belastbares. Bandmitglieder, die wegen Körperverletzung, einige sogar wegen Mord verurteilt wurden, Besitz von menschlichen Knochen, aber keine Kannibalen.«

»Geht uns oft genauso«, meinte Zoë. »Stunden und Tage mühselige Arbeit und am Ende kommt nichts dabei raus.«

»Aktuell lese ich viel über Reinkarnation und Geisterfotografie.«

»Geisterfotografie? Das sind doch alles Fälschungen gewesen«, sagte ich.

»In der Tat. Die historischen Geisterfotografien waren Betrug, soweit man weiß, meistens Doppelbelichtungen. Geisterhafte, halb durchsichtige Gestalten, so was. Damals muss das gruselig ausgesehen haben. Manchmal waren es auch nur Reflexe oder verschmutzte Kameralinsen. Mit dem Aufkommen der Digitalfotografie taten sich neue Möglichkeiten auf, und es gab ein kleine Revival. Dann kamen Bilder auf, die angeblich Geister von Kannibalismusopfern zeigten. Die Geister sollen deswegen unvollständig sein, das heißt, es fehlen Teile, oder sie sind besonders durchsichtig, wo Fleisch fehlt.«

»Ekelhaft!«

»Ekelhaft«, wiederholte Emma-Luise.

»Alles Fälschungen?«

»Alles Fälschungen. Bildbearbeitung macht's möglich. Bildanalyse zum Nachweis der Fälschung gibt es aber eben auch.«

»Was war das andere?«

»Reinkarnation. Ich lese gerade ein Buch, dessen Autor behauptet, Kannibalismus würde sich auf die Wiedergeburt auswirken.«

»Inwiefern? Wenn vom Körper etwas gegessen wird, fehlt der Seele etwas und sie kann nicht in den nächsten Körper wandern?«

»Kurz gesagt ist es das eigentlich. Für die Seele des Kannibalen hat es aber auch Auswirkungen, sehr negative Karmapunkte sozusagen. Dann habe ich Artikel über Seàncen, Gläserrücken, Tischrücken, Ouija-Bretter und weiter gelesen, die alle wieder in Mode gekommen sind, weil Angehörige und Freunde von Verschwundenen wissen wollen, was mit ihnen geschehen ist. Und als selbsternanntes Medium kann man dann leicht behaupten, sie seien gegessen worden.«

»Und das kommt alles in deine Dissertation?«

»Ach, die Dissertation«, sagte Emma-Luise. »Kann ich im Grunde wegwerfen. Alles Mist«

»Was ist los?« fragte ich. »Ich fand das alles wahnsinnig interessant, was ich gelesen habe. Was du gerade erzählt hast, ist ziemlich schräg, aber wenn es zum Thema gehört…«

»Was ich euch gerade erzählt habe, war alles verlorene Liebesmüh. Nicht zu gebrauchen.« Emma-Luise stöhnte. »Ich habe Frau Scherkenbach, also meiner Doktormutter, wenn es denn jemals so weit sein sollte, den Entwurf zu lesen gegeben, wie ihr ihn kennt. Dann fand ich noch eine Dissertation zum Thema ›medizinischer Kannibalismus im Mittelalter‹ und dachte, ich könnte da noch jede Menge Stoff daraus schöpfen, wäre zwar viel Arbeit, aber naja. Falls Hadleigh und der Order of the Higher Power sich bei mittelalterlichen

Quellen bedient hätten, wäre alles super. Ich hatte auch Angst, ich müsste meine These ändern, wenn sich da zu viele Widersprüche ergeben oder gar jemand nachweist, den heutige Vulgärkannibalismus habe es schon immer gegeben ohne Umweg über geheime esoterische Zirkel.«

»Moment, was ist denn medizinischer Kannibalismus?«, fragte Zoë.

»Kurz gesagt, der Aberglaube, durch den Verzehr von Menschenfleisch oder Blut könnte man Krankheiten heilen oder den Körper stärken. Zum Beispiel Galle gegen Schwerhörigkeit, Herz für Liebeszauber, Blut für alles mögliche, als Stärkungs- und Verjüngungsmittel. Man hat teilweise Blut oder Haare von Hingerichteten gestohlen oder gekauft oder Leichen ausgegraben. So oft kam das aber nicht vor, die Kirche hatte was dagegen.«

»Und hätte das in deine Arbeit gepasst?«

»Eher ein Weder-Noch, Hadleigh hat zwar exotische Religionen studiert und esoterische Schwarten gewälzt, aber in Mediävistik, also mittelalterlicher Geschichte, oder Medizingeschichte kannte er sich nicht aus. Er wusste wahrscheinlich nichts davon, nach den vorliegenden Quellen, die ich bis dahin hatte. Müsste ich aber auf jeden Fall erwähnen.«

»Dann kannst du deine Arbeit doch fertig schreiben.«

»Das Problem liegt woanders. Frau Scherkenbach hat mit einem Kollegen in Oxford gesprochen, Professor Korat, der sich nach langer Zeit wieder an Hadleigh erinnerte. Der hat uns eine Veröffentlichung aus den siebziger Jahren geschickt, einen Tagungsband von einem Symposium über okkulte Zirkel im Dunstkreis der Theosophie, in dem der Ordo Potentiæ Altioræ ein Kapitel bekommen hat.«

Emma-Luise wedelte mit einem dicken Heft.

»Einen Enoch Japhet Hadleigh hat es nie gegeben, auch keinen Alfred G. Smith, der unter diesem Pseudonym einen okkulten Orden gegründet und das Liber Potentiæ Altioræ geschrieben haben soll. Das Buch hat ein Schriftsteller und Maler namens Gordon Haggis als Parodie geschrieben. Er wollte sich über darüber lustig machen, dass in den zwanziger und dreißiger Jahren des letzten Jahrhunderts Geheimzirkel und Satanismus in gewissen Kreisen schwer angesagt war. Die Lebensgeschichte seines Helden samt weiterer Aufzeichnungen hat er sich gleich mit ausgedacht, den treuen Sidekick Robert Furlough und dessen Aufzeichnungen noch dazu.«

»Und die Renegatin, diese Malerin und spätere Wicca-Hexe, sicher auch.«

»Phillipa Wyvern? Jetzt wird es schräg, die gab es nämlich wirklich. Die Vergangenheit im Ordo Potentiæ Altioræ hat sie sich selbst angedichtet, um sich interessant zu machen. Sie war eine der derjenigen, die die Hadleigh-Geschichte gelesen und für wahr gehalten hatte.«

»Und hat denn niemand die Fälschung vorher aufgeklärt? Hat sich Haggis nicht über diejenigen lustig gemacht, die ihm auf den Leim gegangen sind.«

»Wenn er das vorhatte, ist er nicht mehr dazu gekommen, weil er kurz danach eingezogen wurde. Haggis ist 1940 im zweiten Weltkrieg gefallen, er war in einer Radarstation in Südengland stationiert, die von der deutschen Luftwaffe bombardiert wurde. Die Fälschung ist einwandfrei dokumentiert, aber in der Fachliteratur praktisch nicht diskutiert.«

»Und was war mit dem wiederauferstanden Orden?«

»Jetzt kommen wir zu einem zweiten Leser, der die Geschichte geglaubt hat und das ganze zu wörtlich genommen. Der Orden ist also nicht wiedererstanden, weil es ihn vorher nicht gegeben hat. Raoul Gurgarev hat ihn quasi nach einer fiktiven Anleitung zum ersten Mal aufgebaut. Nur dass er nicht Raoul Gurgarev oder Rauf Grigorich hieß, sondern

Gordon McGregor, ein Schotte, kein Spanier oder Kaukasier. Und Spion war er im Krieg auch nicht, sondern als untauglich ausgemustert wegen einer mittelschweren Psychose. Er war mit seiner angeblichen Gattin aus der geschlossenen Abteilung der Psychiatrie in Glasgow entlaufen und hat sich dann in Shrewsbury unter falschem Namen niedergelassen.«

»Aber damals wurden Frauen und Männer doch nicht zusammen in der Psychiatrie untergebracht«, meinte Zoë. »Wie sollen die zusammen ausgebrochen sein?«

»Keine Ahnung, vielleicht sind sie nur zufällig am selben Tag zum Zahnarzt gebracht worden und spontan zusammen ausgebüxt.« Emma-Luise seufzte. »Offenbar war McGregor auch ein krankhafter Hochstapler und Lügner. Daher ist es doch ziemlich unsicher, wie groß der Orden wirklich war, und was wirklich praktiziert worden war, ob die ganzen Riten am Ende nichts als Theater waren. Immerhin sollen die Aufzeichnungen von ›Belphegor‹ und ›Baphomet‹ echt sein, also kein Fälschungen, aber auch nicht gerade zuverlässige Quellen. – McGregor wurde auch nicht an Schweine verfüttert oder von seinen meuternden Anhängern verspeist, sondern fiel tatsächlich vom Kirchturm. Er war hochgeklettert, nachdem seine Frau einen Tobsuchtsanfall bekommen hatte und in die Psychiatrie verbracht worden war, dadurch hatte er einen psychotischen Schub bekommen. Er wollte Gott herausfordern, hatte er seinem Vermieter gesagt. Es existiert ein entsprechender Polizeibericht.«

»Das ist allerdings bitter.«

»Ich habe anderthalb Jahre Arbeit reingesteckt und am Ende kann ich wieder von vorn anfangen. Dieser ganze kannibalistische Wahnsinn geht auf einen Hoax zurück, eine Erfindung, einen zu weit gegangenen Witz, und auf einen Irren, der das ernst genommen und in die Realität umgesetzt hat. Soll ich darüber wirklich eine Arbeit schreiben?«

Zoë blickte zu mir herüber und machen einen so verstörten Eindruck, wie ich ihn an ihr noch nie gesehen hatte.

»Das muss ich erst einmal verdauen«, meinte Zoë. »Ich meine, der ganze Mist, der täglich passiert, gegen den wir jeden Tag kämpfen, kommt daher, dass sich vor hundert Jahren jemand einem dummen, grausamen Scherz erlaubt hat, und nach und nach immer mehr Idioten darauf angesprungen sind.«

»Professor Korat meinte, der Vortrag über den gefälschten Orden sei damals auf der Tagung niedergemacht worden. Über Hadleigh und seinen Satanismus hatte es schon einige Veröffentlichungen gegeben. Alles nur von akademischem Interesse, da war Kannibalismus auch noch kein Volkssport gewesen. Die etablierten Wissenschaftler wollten sich nur nicht unterstellen lassen, sie seien einer Fälschung aufgesessen, und ihre Forschungsobjekte seien bösartige Psychotiker gewesen. Samuel Lurcher, der Hadleigh-Forscher, war in der Wissenschaft verbrannt und hat sich einen anderen Job suchen müssen. Dieser Tagungsband« – sie hielt ihn noch einmal hoch – »ist eines der wenigen Exemplare, das nicht eingestampft wurde. Der Tagungsband wurde ohne den Hadleigh-Artikel neu gedruckt und die ganze Sache totgeschwiegen. Korat war damals studentische Hilfskraft, er hat den Vortrag gehört und einen originalen Band mitgehen lassen. – Noch Tee?«

Emma-Luise hob die Designerkanne. »Ich kann frischen machen.«

»Vielen Dank, aber ich glaube, wir müssen auch langsam mal weiter.«

»Wir können uns gern nochmal unterhalten. Und wenn wir mehr über dein Smartphone rauskriegen, melden wir uns sowieso.«

»Ja, danke noch mal. Habt ihr übrigens von dem Smartphone irgendwas runter kopiert?«

»Nur Sicherheitskopien, um dich zu finden. Sind so gut wie gelöscht!«

»Ok, danke. Falls ich die Arbeit doch fertig schreibe, bekommt ihr Kopien.«

Unten im Treppenhaus blieb Zoë vor der Haustür stehen und blickte sich zu mir um.

Ich sagte: »Sie ist selbst keine Kannibalin, wenn du das meinst. Zu zart besaitet, denke ich.«

»Ich denke, du hast recht.« Und nach einer Pause: »Wir gehen noch mal hoch und essen sie auf!«

»Wen?« fragte ich. »Emma-Luise?«

»Ja, genau!«

»Warum?«

»Dann kann ich endlich einen Jäger lebendig festnehmen und verhören.«

»Dich selbst? Das ist ein auch ganz blöder Witz!«

»Ja, ist es.«

6

Das alte Industriegebiet, das diese Woche auf unserem Einsatzplan stand, war völlig heruntergekommen, die meisten Gebäude standen leer. Die Straßenränder waren voller Müll und Pflanzenwuchs, fast alle Mauern und sonstigen Flächen mit Graffiti beschmiert, viele Fensterscheiben zerbrochen. Die meisten Firmen waren aus Mangel an Mitarbeitern geschlossen worden oder mit verkleinerter Besetzung in ein sichereres Gebiet gezogen. Einige schwer verrammelte Lagerhäuser wurden noch genutzt, was aber nicht bedeutete, dass jemand hier arbeitete, sondern dass schwer gesicherte Transporter hierher kamen und Waren brachten oder abholten. Hier sollten wir nach Spuren von möglichen kannibalistischen Morden suchen, Blutspuren, versteckten Leichenteilen, Waffenlagern oder Täterverstecken. Es war nicht schwer, in die meisten Gebäude hineinzukommen, viele Tore und Eingänge waren zwar verschlossen, aber die Zäune waren oft zerschnitten, Fenster kaputt und Hintertüren aufgebrochen, von offenen Schuppen, nicht mehr genutzten Unterständen und Fahrzeugbuchten nicht zu reden. Viele von den leeren Gebäuden wurden auch von Obdachlosen als Unterschlupf genutzt, von denen es immer noch einige gab. Diejenigen, die sich rechtzeitig zusammengetan hatten und deren Hunde anschlugen, wenn sich Fremde näherten, waren nicht abgeschlachtet worden. Sie wurden oft verdächtigt, selbst Gelegenheitskannibalen zu sein, ich konnte mich aber nicht erinnern, dass bei Razzien irgend etwas an Beweisen gefunden worden war. Außerdem suchten wir jetzt nach Hinweisen auf Schwarze Messen oder sonstige okkulte Handlungen, nachdem wir Emma-Luises Arbeit kannte. Das heißt, wir hielten Ausschau nach Symbolen in allen möglichen Graffiti, untersuchten jede Feuerstelle, jeden Aschehaufen oder Kerzenrest nach kultischen Hinweisen. Meistens sah es doch mehr nach den Hinterlassenschaften von übermütigen Jugendlichen aus oder eben nach einem Übernachtungsplatz von Landstreichern mit leeren Flaschen und Essensverpackungen. Vogelkrallen, Blut und Asche waren in der Regel nicht die Überbleibsel einer Tieropfers oder anderen Rituals, sondern stammten von einer gebratenen Taube oder einem Huhn.

In einer finsteren Garage fanden wir Überreste eines Feuers, Glasscherben und Flecken, die alles mögliche sein konnten, Blut, Farbe oder Ketchup.

»Sollen wir davon eine Probe nehmen?«, fragte ich

»Ich glaube nicht«, meinte Zoë. »Wir können nicht jeden Dreck analysieren, solange wir keine stärkeren Beweise finden.«

»Das in der Feuerstelle scheint hauptsächlich Holz gewesen zu sein.«

»Was ist das?«, fragte Zoë und deutete an die Schmierereien an der Wand. »Man könnte das als HOHP lesen.«

»Als was, bitte?«

»Hermetic Order of the Higher Power. Du hast ein Gedächtnis wie ein Sieb!«

»Hm… Für mich sieht das aus, wie die allerersten Graffiti-Versuche eines zugedröhnten Sprayers. Vielleicht sein Künstlername, ROHR oder so ähnlich.«

»Könnte der Namenszug einer Metal-Band sein.«

»Oh, Heavy Metal, dann sind wir ja schon fast beim Satan persönlich!«

»Oder es sind kyrillische Buchstaben. Dann stünde da HOHP.«

»Was soviel bedeutet wie nonr.«

»Warte, wenn der Querstrich im dritten Buchstaben nicht waagerecht verläuft, sondern von links unten nach rechts oben geht, wäre das kein En, sondern ein I.«

»Und?«

»Dann steht da НОИР.«

»Und?«

»Noir, das ist französisch für schwarz.«

»Das weiß ich auch, aber warum sollte jemand ein französisches Wort in kyrillischen Buchstaben schreiben?«

Zoës Smartphone unterbrach uns.

»Notfall«, meinte sie. »Nur ein paar Straßen weiter.«

Wir liefen zum Wagen, Zoës Smartphone übernahm die Navigation. Zu unserer Überraschung rasten wir nach einer scharfen Kurve um eine schäbige Halle durch ein bekannte Straße, die rechts und links von mehreren gepanzerten Polizeifahrzeugen, Streifenwagen und einigen großen schwarzen Limousinen gesäumt war. Wir stoppten mit quietschenden Reifen vor der ehemaligen Granulata GmbH, unserer Knochenmühle.

»Kriegen wir jetzt einen Strafzettel wegen zu schnellen Fahrens?«, fragte ich.

Die Streifenwagen waren allesamt besetzt, wegen der Sonnenbrillen waren die Mienen der älteren Kollegen nicht zu deuten.

»Der Notfall ist im Hauptgebäude«, antwortete Zoë. »Nach Vorschrift müssten wir jetzt mit gezogenen Waffen da rein.«

»Warum wir und nicht die? Das ist doch offensichtlich Unsinn!«

»Wie so vieles. Komm, wir gehen rein, bevor jemand denkt, wir hätten Angst. Aber erst ordentlich einparken!«

Ich ließ den Wagen ordentlich einparken. Wir holten einmal tief Luft, stiegen aus und gingen mit gezogenen Dienstwaffen in Richtung des Haupteingangs, darauf bedacht, Abstand voneinander zu halten und die ganze Umgebung im Blick zu haben, so dass wir im Notfall uns gegenseitig Deckung geben konnten. Dann öffnete sich die Eingangstüren, zwei Männer in dunklen Anzügen hielten sie uns auf. Drinnen erwarteten uns Dr. Wenzländer, unser Jahrgangsleiter aus der

Akademie, ich erkannte außerdem den Polizeipräsidenten in Zivil und die Innenministerin, dazu Bodyguards und einige Männer und Frauen, die wahrscheinlich Assistenz oder technisches Personal waren.

»Ah, da sind sie, das ging ja schnell.«

Mir wurde sehr mulmig zumute, das musste etwas mit dem Zermahlen der getöteten Jäger zu tun haben. Zoë musste denselben Gedanken haben, verzog aber keine Miene.

»Wenn Sie bitte Ihre Waffen abgeben würden«, sagte Dr. Wenzländer. »Reine Formsache.«

Zwei von den kräftigen Dunkelgekleideten hielten stumm die Hände auf. Als ob wir die Innenministerin über den Haufen schießen würde! Widerstrebend übergaben wir ihnen die Maschinenpistolen und die Elektroschocker. Jeder von uns hatte noch kleine private Pistole, ich in der vollgestopften Hosentasche, Zoë am Unterschenkel unter dem weiten Hosenbein.

Dr. Wenzländer wedelte mit einem Tablet: »Ich habe Ihren Bericht weitergegeben, und er stieß auf Interesse an höchster Stelle.«

Die Innenministerin lächelte schief. Ihr Name wollte mir nicht einfallen.

»Wirklich eine grandiose Idee«, sagte sie. »Die Körper der neutralisierten Jäger kleinzumahlen und mit Knochenkalk zu mischen. Ihre Idee, Herr Bruckner?«

»Ähm, ja«, stotterte ich.

»Ich wollte mir diese Knochenmühle selbst ansehen. Bedrückend, muss ich sagen, aber das lässt sich sicher wieder freundlicher einrichten. Jedenfalls, Ihre Methode die Jäger garantiert ungenießbar zu machen, werden wir in eine erweiterte Erprobungsphase überführen. Wir versprechen uns ein deutlich abschreckende Wirkung.«

Der Polizeipräsident schaltete sich ein: »Sie wissen ja sicher selbst, dass in den einschlägigen Social Media-Kanälen Behauptungen kursieren, das Fleisch von Kannibalen hätte eine besonders stärkende Wirkung, bis in Detail, welchem Körperteil was zugeschrieben wird. Von den Einbrüchen, Einbruchsversuchen in die Leichenhallen der Gerichtsmedizin haben Sie sicher auch gehört, selbst versuchte Überfälle auf Leichentransporte sind schon vorgekommen.«

»Doch, doch«, sagte Zoë. »Wirklich abstoßend! Und gefährlich für die Beamten!«

»Ganz genau!«, strahlte die Innenministerin. Sie gab einer anderen Frau ein Zeichen, die darauf hin auf ihrem Tablet tippte, und dann piepsten mein und Zoës Smartphones. Wir hatten eine offizielle Belobigung bekommen!

»Wenn Sie mir bitte folgen wollen«, sagte der Polizeipräsident und führte uns zur Mühle. Eine Rüge, wie ich erst dachte, gab es also nicht. Was aber, wenn der ganze Spuk uns nur in Sicherheit wiegen sollte, und wir in wenigen Minuten selbst in der Mühle landen würden. Vielleicht hatte sich im Notizbuch der Auftragsjägerin doch eine hochgestellte Persönlichkeit unter falschem Namen befunden, die jetzt uns aus dem Verkehr ziehen wollte. Oder wir waren als die Terroristen erkannt worden, die letzte Woche in die Oberfinanzdirektion Köln eindringen wollten. Ich drängte mich im Gehen wie zufällig an Zoë und flüsterte: »Denkst du, das ist eine Falle?«

»Möglich«, antwortete sie. »Aber eigentlich wäre das zu groß aufgezogen, zu viele Zeugen. Trotzdem, halt dich bereit.«

»Wenn, dann nehmen wir noch einige mit!«

An der Mühle waren noch mehr Leute. Die Maschinen waren bereits im Leerlauf. Zwei Leichensäcke wurde herbei geschleppt.

»Wir haben von einem gestrigen Einsatz zwei Kandidaten für die Einweihung. Haben sich der Verhaftung durch ein

Sondereinsatzkommando widersetzt.« Der Polizeipräsident zeigte flüchtig auf die schwarzen Säcke.

»Dann wollen wir mal«, sagte die Innenministerin und drückte den Einschaltknopf. Jemand hatte ihn saubergemacht und mit einem kleinen künstlichen Blätterkranz geschmückt.

Die beiden Leichen wurden in die Mühle geworfen, erst eine, dann ein Sack altes Knochenmehl, die zweite und zum Abschluss ein zweiter Sack. Vor dem Auslass für die Menschenmasse war ein Sichtschutz aufgebaut, wir konnten am Geräusch erkennen, als sich das Auffanggefäß füllte. Aus der Klappe für Metallteile kam nichts heraus. Wer weiß, wer oder was wirklich in den Säcken gewesen war.

Ein Mann im hellgrauen Anzug, wahrscheinlich ein Ministerialbeamter erklärte uns, wie lange die Anlage im Probebetrieb laufen sollte und wie die Überreste entsorgt werden würden.

»Danke, Herr Dr. Salutzki, für die Ausführungen. Viel Zeit habe ich nicht mehr«, meinte die Ministerin, »aber zum Anstoßen reicht es noch!«

Die Frau, die uns die Urkunden zugesandt hatte, hielt uns ein Tablett mit fünf gefüllten Sektgläsern hin.

»Ganz reizend!« sagte Zoë und nahm das Glas, das eigentlich der Ministerin hingehalten wurde. Ich schnappte mir das des Polizeipräsidenten. Dr. Wenzländer wurde blass.

Der Präsident lachte:»Unglaublich, diese junge Frau wird es noch weit bringen. Keine Angst, wir wollen Sie nicht vergiften! Ich beglückwünsche Sie zu Ihrer gründlichen Ausbildung!« Er prostete Dr. Wenzländer zu.

Die Innenministerin kippte ein Glas hinunter und sagte:»So, ich muss zum nächsten Termin.«

Der Sekt war eiskalt und schmeckte ausgezeichnet.

Die Innenministerin rauschte mit ihrer Entourage ab, nur die zwei Personenschützer von vorhin bauen sich schweigend vor uns auf. Zoë hielt ihre Hände auf. Der eine Bodyguard gab ihr ihre Waffen zurück.

»Reine Formsache. Und das mit der versteckten Waffe in der Socke oder Hosentasche kriegen Sie Zukunft besser hin. Da helfen auch keine weiten Hosen.« Sein Kollege gab mir meine Waffen, dann folgten die zwei dem Tross der Ministerin.

»Ja, wir untersuchten gerade einen möglichen Tatort hier ganz in der Nähe«, sagte ich zu Dr. Wenzländer. »Wir machen dann am besten gleich weiter.«

»Nur zu«, sagte Dr. Wenzländer. »Wir sehen uns morgen früh im Hörsaal. Und lassen Sie sich nicht beim Fahren unter Alkoholeinfluss erwischen!«

»Wir doch nicht!«

»Ach, da ist noch diese Ermittlung wegen der angeblich manipulierter Elektroschockpistolen.« Dr. Wenzländer zwinkerte Zoë zu. »Ich habe heute morgen den Laborbericht gelesen, natürlich ist alles in Ordnung. Den Schnellinger nehme ich mir heute Nachmittag zur Brust.«

»Ja, danke auch.«

»Jetzt aber los!«

»Das war skurril«, meinte Zoë, als wir wieder im Wagen saßen. Ich startete den Motor. »Für eine Minute dachte ich wirklich, die wollten uns verschwinden lassen.«

»Mit Gift im Sekt?«, überlegte ich. »Und dann in die Knochenmühle?«

»Nicht noch am Ende nachlässig werden!«

»Aber du hattest recht, dass hätte man viel unauffälliger gemacht. Und diese Gorillas wussten, dass wir noch bewaffnet waren.«

»Tja...Nobody's perfect.«

»Und morgen früh im Hörsaal reißt uns der Wenzländer die Ohren ab, weil wir uns vor der Ministerin danebenbenommen haben.«

»Wieso, wir sind doch jetzt die großen Helden der Entsorgung.«